노아와 캐슬린을 위해,

그리고 캐럴에게 바칩니다.

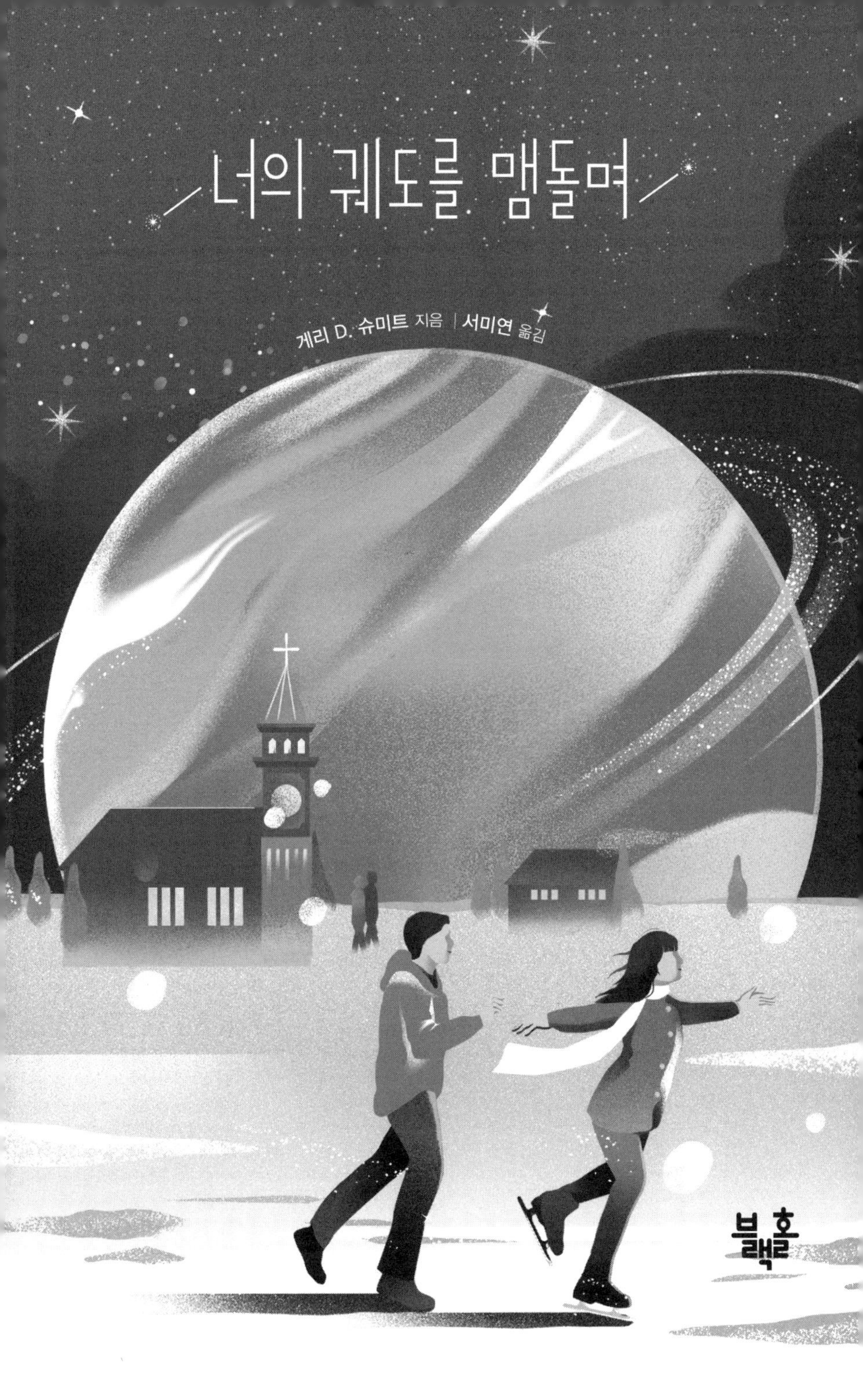
너의 궤도를 맴돌며
게리 D. 슈미트 지음 | 서미연 옮김
블랙홀

차례

제1장

"조지프와 함께 사는 걸 너한테 동의를 받기 전에 한두 가지 알아 둬야 할 게 있어."

스트라우드 선생님은 이 말과 함께 보건복지부 메인 주(State of Maine) 파일을 꺼내 식탁 위에 올려두었다.

엄마가 나를 물끄러미 쳐다봤다. 그러고는 아빠에게로 시선을 돌렸다. 아빠가 내 등에 손을 얹었다.

"잭도 우리가 아는 것만큼은 돌아가는 상황을 알아야죠."

아빠가 말한 뒤 나를 내려다보았다.

"어쩌면 누구보다 네가 가장 잘 알아 둬야 할 거야."

엄마가 고개를 끄덕이자 스트라우드 선생님이 파일을 열었다. 그러고는 우리에게 이 이야기를 해 주었다.

　두 달 전 조지프가 애덤스레이크 소년원에 있을 적, 남자 화장실에서 한 아이가 조지프에게 뭔가 나쁜 것을 주었다. 조지프는 화장실 칸막이 안으로 들어가 그걸 삼켰다.

　시간이 한참 지나 소년원 선생님이 조지프를 찾아 나섰다. 선생님이 조지프를 발견하자 조지프가 비명을 질렀다. 선생님은 조지프에게 칸막이 밖으로 당장 나오라고 말했지만 조지프는 다시 비명을 질렀다. 선생님은 조지프에게 더 큰 문제 만들고 싶지 않으면 칸막이 밖으로 당장 나오라고 말했다. 그래서 조지프는 그 말에 따랐지만 곧 선생님을 죽이려고 했다.

　소년원은 조지프를 스톤마운틴으로 보냈다. 조지프는 어떤 아이가 나쁜 것을 주었고 그걸 삼킨 것뿐이었다. 그러나 그런 건 중요하지 않았다. 소년원은 결국 조지프를 스톤마운틴으로 보냈다.

　조지프는 스톤마운틴에서 무슨 일을 겪었는지 이야기하지 않았다. 다만 스톤마운틴을 나온 후로는 주황색 죄수복 색깔 옷은 뭐든 피하게 되었다.

　조지프는 제 뒤로 사람이 서 있지 못하게 했다.

　조지프는 누구든 제게 손끝 하나 못 대게 했다.

조지프는 너무 좁은 공간으로 들어가지 않으려 했다.

그리고 조지프는 복숭아 절임을 먹지 않게 되었다.

"조지프는 고기를 갈아 만든 음식도 잘 안 먹어요."

스트라우드 선생님이 말을 이었다. 그러고는 보건복지부 메인 주 파일을 닫았다.

"우리 엄마가 만든 복숭아 절임이라면 조지프도 먹을 거예요."

내가 대꾸했다.

"곧 알게 되겠지."

스트라우드 선생님이 웃음 지으며 대답했다. 그러고는 내 손을 잡았다.

"잭, 너희 부모님은 이미 아시는 얘기이니, 너도 알아야겠지? 조지프에 관한 얘기가 더 있거든."

"뭔데요?"

내가 물었다.

"조지프에게 딸이 하나 있어."

내 등에 닿는 아빠의 손길이 느껴졌다.

"아이는 이제 3개월인데, 조지프는 한 번도 그 애를 못 봤어. 그게 이 사안에서 가장 마음 아픈 일 중 하나란다."

스트라우드 선생님이 파일을 엄마에게 건넸다.

"잭 어머니, 이 파일은 어머니께 맡길게요. 읽어 보시고 결정하시면 됩니다. 며칠 뒤에라도 제게 전화 주시면……"

"이 얘기는 다 끝냈어요. 다 아는 내용입니다."

엄마가 말했다.

"마음을 정하신 건가요?"

엄마가 고개를 끄덕였다.

"정했습니다."

아빠가 답했다.

스트라우드 선생님이 내게 눈길을 돌렸다.

"잭, 넌 어떠니?"

아빠의 손길이 여전히 내 등에서 느껴졌다.

"조지프는 언제쯤 올 수 있죠?"

내가 물었다.

이틀 뒤 금요일, 스트라우드 선생님이 조지프를 집으로 데려왔다. 조지프는 이스트햄 중학교에 다니는 보통 8학년 학생처럼 생겼다. 검은 눈동자, 눈을 거의 덮은 검은 머리카락, 평균보다 살짝 작은 듯한 키, 평균보다 살짝 왜소한 체구, 그 외에 모든 게 평균 언저리인 듯 보였다.

조지프는 여느 이스트햄 중학교 8학년 학생과 정말 다를 바가 없었다. 딸이 있다는 사실만 뺀다면. 또 얘기할 때 눈을 마주치지 않는다는 것도. 그나마도 일단 얘기를 해야 말이지만…….

조지프는 스트라우드 선생님 차에서 내린 뒤 한마디도 하지 않았고, 우리 엄마의 포옹도 허락하지 않았다. 우리 아빠와 악수도 하지 않았다. 내가 조지프를 우리 방으로 데려갔을 때도 자기 짐을 위층 침대에 던져 놓고 올라가서 내내 아무 말도 하지 않았다.

나는 아래층 침대로 들어가서, 아빠가 소젖을 짜러 가자고 우리를 부르기 전까지 책을 읽었다.

큰외양간에서 나는 조지프와 함께 건초 세 묶음의 매듭을 풀어 먹이통을 채웠다. 그러면서 조지프에게 작은외양간에 있는 퀸투스 세르토리우스는 나이가 많고 참을성도 없는 말이라서 제일 먼저 먹이통을 채워 줘야 한다고 귀띔했다. 그러고는 젖을 짜러 소들이 묶여 있는 자리로 돌아왔다.

아빠가 조지프에게 보기만 해도 괜찮지만 오늘 이후로는 같이 하게 될 거라고 말했다. 조지프는 벽에 등을 붙이고 서 있었다. 소들은 몸을 돌려 조지프를 쳐다보고는 울음소리 한 번 내지 않았다. 심지어 달리아도 얌전했다. 여느 때처럼 다들 건초를 물고 씹기만 했다. 소들에게 합격이라는 뜻이었다.

로지 차례가 되었을 때 아빠가 조지프에게 직접 젖을 짜 보겠느냐고 물었다. 조지프가 고개를 저었다.

"이 애는 온순해. 누가 젖을 짜든 가만히 있거든."

조지프는 아무 대꾸도 하지 않았다.

이후로, 아빠가 일을 다 마치고 두 양동이 가득 채운 우유를 냉각기로 내다 놓으러 가자 조지프가 로지 뒤로 다가서서 그 애의 꼬리 바로 위 등허리를 쓰다듬었다.

조지프는 로지가 제 엉덩이 쓰다듬어 주는 사람을 좋아한다는 사실을 알지 못했기 때문에 로지가 음매, 하고 울며 가볍게 몸을 흔들자 빠르게 뒤로 몇 걸음 물러났다.

"로지는 그냥 너한테……."

내가 말했다.

"됐어."

조지프는 그렇게 말한 뒤 외양간을 나가 버렸다.

하지만 다음 날 아침에 우리 셋이 큰외양간으로 젖을 짜러 갔을 때 조지프는 가장 먼저 로지를 찾았고, 다가가서 또 한 번 로지의 엉덩이를 쓰다듬어 주었다. 로지도 조지프가 맘에 든다는 표현을 했다.

처음으로 조지프의 웃는 얼굴을 본 순간이었다. 뭐, 그 비슷한 거였다.

조지프는 한 번도 소 엉덩이를 만져 본 일이 없었다. 하물며 소젖도 마찬가지였다. 진짜였다. 그래서 젖 짜는 솜씨가 형편없었다.

게다가 조지프가 엉망인 솜씨로 젖을 짜는 동안 내가 계속 엉덩이를 문질러 주었음에도 로지는 영 답답해했고, 결국 양동이를 걷어찼다. 조지프가 제 다리로 로지의 다리를 막고 있지 않은 탓이었다. 대수롭지 않은 일이었던 게 그 안에는 어차피 우유도 별로 들어 있지 않았다.

아빠가 들어오자 조지프가 바로 일어났다. 아빠는 양동이 안을 한 번 보고 엎질러진 우유를 봤다. 그런 다음 조지프에게 다가가 말했다.

"조지프, 저건 네가 마무리해야 하지 않겠니?"

"우유가 그렇게 마시고 싶으면, 평범한 사람들처럼 가게에 가서 사 오면 될 텐데요."

조지프가 말했다. 조지프가 뱉은 가장 긴 단어 조합이었다.

"나는 우유가 필요한 게 아니야."

아빠가 대꾸했다. 그러고는 로지를 가리키며 말했다.

"하지만 로지에게는 젖을 짜 줄 네가 필요하지."

"얘한테 나는 필요 없……."

"로지한테는 네가 필요해."

아빠는 양동이 두 개를 구석에 쌓아 치워 놓고는 로지의 몸 밑에 조지프의 양동이를 제대로 받쳐놓았다.

"의자에 앉아."

아빠가 말했다. 몇 초 멈칫하기는 했지만 조지프가 다가와 앉았고, 아빠가 그 옆에 무릎을 꿇고 앉아 로지의 몸 밑으로 다가갔다.

"한 번 더 보여 줄게. 네 엄지와 집게손가락으로 위쪽을 꼬집듯이 이렇게 한 다음, 젖이 나올 수 있게 손가락 힘을 풀면 돼, 이렇게."

우유가 뿜어져 나와 양동이의 금속 바닥으로 떨어졌다. 또 한 번. 또 한 번. 그런 다음 아빠가 일어섰다.

몇 초쯤 지나고, 다시 몇 초가 더 흘렀다. 조지프가 몸을 숙여 다가가더니 젖을 짜 보았다. 아무것도 나오지 않았다.

"엄지와 집게손가락에 힘을 꾹 주고 다른 손가락에는 힘을 빼 봐."

아빠의 말에 조지프가 다시 해 보았다.

아빠가 로지의 엉덩이를 쓰다듬어 주자 로지가 음매, 하고 한 번 울더니 젖이 나오기 시작했다. 속도도 느렸고 양도 일정하지 않았지만, 조지프가 직접 짠 젖이었다.

이윽고 양동이의 금속 바닥을 두드리는 소리가 아니라 우유

위로 우유가 더해지며 거품을 뿜는 소리로 바뀌었다.

아빠가 나를 보며 웃음 지었다. 그러고는 조지프의 등 뒤로 다가가 아까 쌓아 둔 양동이를 집어 들었다.

그때 '쿵!' 소리와 함께, 조지프가 자기 발밑에서 뭔가 폭발하기라도 한 것처럼 펄쩍 뛰었다. 조지프의 양동이가 다시 넘어졌고 의자도 함께 뒤집혔다.

로지가 겁먹었을 때 내는 울음소리를 내자 조지프는 일어서서 외양간 벽에 등을 붙이고 두 손을 높이 들었는데, 평소 사람과 눈을 잘 마주치지 않는 조지프가 우리를 보면서 빠르고 가쁘게 숨을 들이쉬었다. 꼭 이 세상에서 들이킬 수 있는 공기가 거의 남아 있지 않기라도 한 것처럼.

아빠가 조지프를 쳐다보는데 그 눈빛에서 나는 한 번도 본 적 없는 뭔가가 느껴졌다. 슬픔이라고 나는 생각했다.

"조지프, 미안하다. 앞으로는 더 조심할게."

아빠가 말했다. 그러고는 몸을 숙여 양동이를 집어 들었다.

"여기 일은 내가 마무리할 테니까, 너희는 집으로 들어가서 씻는 게 좋겠다. 잭, 엄마한테 아빠도 금방 들어가겠다고 전해 줄래?"

조지프와 내가 밖으로 나왔을 때는 이제 막 해가 떠오를 참이었다. 서쪽 끝 산봉우리에서 빛이 떠오르며 봉우리 밑으로,

주변 들판으로 빛을 한 움큼씩 내리부었다. 땅은 추수를 끝으로 할 일을 다 마쳐 긴 겨울로 접어들 준비를 하고 있었다.

찬 공기와 나무 타는 연기의 냄새가 느껴졌다. 호숫가 가장자리 얼음은 거위들이 성가셔 할 수준으로 깨져 있었고, 작은외양간에서 퀸투스 세르토리우스가 밥을 먹느라 먹이통에 코를 박고 쿵쿵대는 소리가 들렸다.

외양간 안에서는 로지가 음매, 하고 울었다. 회색 마당은 어느새 온통 색을 입은 뒤였다. 빨간색 외양간 두 채, 초록색 덧문, 초록색 집 문 테두리와 노란색 닭장 문 테두리, 오렌지색 얼룩무늬 고양이가 울타리 담장을 타고 있었다.

조지프는 어느 것에도 시선을 두지 않고 계속 걸었다. 이 모든 풍경을 다 놓쳐 버렸다. 집으로 들어서면서도 여전히 가쁜 숨을 몰아쉬었고, 조지프 등 뒤로 문이 쾅 닫혔다.

하지만 그날 오후 조지프는 큰외양간으로 다시 갔다. 로지의 엉덩이를 쓰다듬어 주었고, 로지는 음매, 하고 울었다. 그런 다음 조지프는 로지의 젖을 짰다. 시간이 오래 걸리기는 했지만, 처음부터 끝까지 직접 했다.

"조지프가 잘 적응할 수 있을 것 같니?"

엄마가 나중에 내게 물었다.

"로지가 조지프를 좋아해요."

내가 답했다. 그거면 충분했다.

소들과 어떻게 지내는지를 보면 우리는 그 사람이 어떤 사람인지 다 알 수 있다.

월요일에 조지프와 나는 스쿨버스를 타고 등교하려고 했다. 백만 번은 더 해 봐서 정말 별거 아닌 일이었다.

추위와 어둠 속에서 기다리고 있으면 버스가 멈춰 서고, 보통 해스컬 아저씨는 우리에게 말을 걸지도 심지어 쳐다보지도 않을 때가 많은데, 왜냐하면 바깥은 춥고 어둡고, 아저씨에게 버스 기사라는 직업이 평생 목매던 일도 아니었기 때문에, 뭐, 입 다물고 자리로 가 앉는 편이 낫다. 그렇게 입 다물고 자리에 앉으면 버스는 이스트햄 중학교로 달려간다.

이렇듯 정말 별거 아니다.

하지만 그날 아침, 내가 버스에 올라타고 내 뒤로 조지프가 올라타자 해스컬 아저씨는 이렇게 말했다.

"네가 애가 있다던 그 애 맞지?"

그러자 조지프가 버스 계단에서 우뚝 멈춰 섰다.

"캔턴 선생님이 얘기했을 때 귀를 의심했다니까. 네가 지금 몇 살인데."

조지프가 등을 돌려 버스에서 내렸다.

"저기, 네가 걸어서 온대도 내 발가락 때만큼도 상관할 일은 아닌데, 거리가 3킬로미터다. 그리고…… 너 지금 이게 무슨 상황인지 알고는 있냐?"

마지막 물음은 나를 향한 거였다. 왜냐하면 나도 따라 버스에서 내렸으니까.

"바보 천치들이 따로 없군."

해스컬 아저씨의 말에 내가 어깨를 으쓱했다. 어쩌면 우리 둘다 그랬을지도 모른다.

"있지, 별 의도는 없었다. 애야, 그냥 친해지자는 거였어."

조지프는 우뚝 서 있었다. 그 애의 까만 두 눈이 해스컬 아저씨를 노려보았다. 그러자 해스컬 아저씨의 얼굴이 굳어졌다.

"맘대로 해라. 지금 바깥은 영하 6도란다."

아저씨가 말했다. 그러고는 차 문을 닫고 기어봉을 움직였다. 나는 어니 허퍼, 존 윌, 이어폰을 낀 대니 네이션스가 창밖을 내다보는 걸 보고 있었다. 나를 꼭 세상에서 제일가는 등신 취급하는 표정을 짓고 있었다. 하긴 영하 6도에 학교까지 걸어서 가겠다고 했으니 말이다.

이윽고 버스가 미련 없이 매연가스를 내뿜으며 멀어졌다. 나는 천천히 길게 입김을 불었다. 지금이 영하 6도나 되는지도 잘 모르겠다.

"왜 그랬냐?"

조지프가 물었다.

"나도 몰라."

내가 답했다.

"너는 버스에 가만히 있었어야지."

"그런가?"

조지프가 가방을 열었다. 아직 교과서를 받기 전이라 가방 안은 거의 비어 있었다.

"네 짐 좀 나눠 들자."

조지프가 말했다.

나는 그 애에게 『즐거운 물리 시간!』과 『새천년 국어』를 건넸다. 엄밀히는 시대에 뒤떨어진 제목이다. 새천년이 된 지 벌써 십수 년이 지났으니까.

내 체육복도 꺼냈지만 조지프가 그런 냄새 나는 물건은 직접 들라고 했다. 그러더니 『아무것도 아닌 옥타비안』을 가져가서 첫 장을 살펴보다가 나를 빤히 쳐다봤다.

"그건 원래 어려운 내용이야."

내가 덧붙였다. 그러자 조지프가 어깨를 으쓱하고는 책을 제 가방에 푹 넣었다. 그러고는 가방을 어깨에 둘러메고 학교 방향으로 고개를 돌려 한 번 끄덕였다.

우리는 길을 떠났다. 3킬로미터, 영하 6도보다도 더 추운 날씨였다. 조지프는 내내 내 뒤로 살짝 떨어져서 걸었다.

옛 회중 교회에 다다랐을 무렵 내 손가락 감각이 어땠는지는 더 말할 것도 없다. 나는 뒤를 돌아보았다. 조지프의 귀가 붉어질 만큼 붉어져서 금방이라도 툭 떨어져 바닥에 굴러다닐 것만 같았다.

"여기서 꺾는 거 알았어?"

내가 물었다. 조지프가 어깨를 으쓱했다.

우리가 학교에 도착했을 때는, 수업 시작종이 이미 울린 뒤였고 캔턴 선생님을 제외하고는 복도에 아무도 없었다.

캔턴 선생님은 말하자면 교감 선생님 같은 분인데, 군인이었을 때 다른 나라 전쟁터에 파병되길 몹시 바랐지만 기회를 놓치고 대신 중학교 복도를 정찰하게 되었다.

"너희 버스를 놓친 거니?"

선생님이 말했다.

"그 비슷한 거예요."

내가 답했다.

"비슷한 거?"

선생님이 되물었다.

"우리가 내렸어요."

내가 말했다.

"버스에서 왜 내렸지?"

"버스 기사가 멍청이라서요."

조지프가 말했다.

그러자 캔턴 선생님의 몸이 커졌다. 정말이다. 키도 더 커지고 어깨도 넓어지고 몸에서 뻗어 나온 양팔도 굵고 길어졌다.

"브룩 학생, 맞지? 자네의 문제점 중 하나는 버릇이 없다는 점일지도 모르겠구나."

조지프가 무릎을 굽혀 앉더니 가방을 열고는 내게 교과서를 건넸다. 『아무것도 아닌 옥타비안』은 빼고.

"너희 둘 다 지각이다. 알겠어?"

"네, 선생님."

내가 답했다. 캔턴 선생님은 조지프의 대답을 기다렸지만, 그 애는 가방을 닫고 가만히 일어섰다.

"교실로 가라, 잭슨."

캔턴 선생님이 말했다.

"조지프, 너는 날 따라와. 네 시간표를 봐야겠다. 알겠지만, 네게도 시간표라는 게 있거든."

조지프는 아무 말도 하지 않았다. 그 애는 캔턴 선생님 뒤에 살짝 떨어져서 걸었다.

저녁 식사 때 나는 부모님께 앞으로 조지프와 학교에 걸어가 겠다고 말했다. 조지프는 가만히 계속 밥만 먹었다. 고개도 들지 않았다.

"정말이니?"

아빠가 조지프를 쳐다보며 물었다. 조지프는 아빠의 말을 듣고도 한참이나 고개를 숙이고 있었다.

"따뜻한 장갑과 모자가 필요하겠구나. 그리고 더 두툼한 스웨터도 있어야겠네. 바깥은 벌써 상당히 춥거든. 고약한 겨울을 나게 생겼구나."

엄마는 다음 날 아침 우리에게 필요한 것들을 전부 준비해 주었다. 큰일 날 뻔했던 게, 이번에는 영하 6도에 근접하지도 못할 추위가 몰아쳤다.

스쿨버스가 우리를 스쳐 지나간 것은 옛 회중 교회 모퉁이를 돈 지 얼마 안 됐을 때였다. 어니 허퍼, 존 월, 이어폰을 낀 대니 네이션스가 차창에 귀를 바짝 댄 채 우리에게 영하 10도가 넘어가는데 그것도 모르는 바보라고 외쳐댔다.

걔들이 지나가고, 조지프가 "야." 하고 말을 걸었다. 내가 뒤를 돌아보았다. 조지프가 가방을 내려놓고 길가에서 돌멩이를 집더니 몸을 돌려 옛 회중 교회 종탑을 향해 던졌다.

나는 종탑의 종이 울리는 소리를 한 번도 들은 적이 없었다.

나도 가방을 벗었다. 첫 번째 시도는 빗나갔다. 장갑을 끼고 있어서 던지기가 힘들었다. 두 번째도 빗나갔다. 다음으로 세 번째, 그다음, 또 그다음······.

"너는 앞발에 힘을 주잖아. 뒷발을 굴러야지."

조지프의 말대로 했더니 두 번째 시도에서 구석을 빗맞혔다. 고작 두 번 만에!

"알겠지?"

내가 고개를 끄덕였다. 얼굴이 온통 꽁꽁 얼지만 않았더라면 무슨 말이라도 했을 거다.

그때 조지프는 어땠더라? 두 번째로 웃었다. 뭐, 그 비슷한 거였다.

이후로 우리는 매일 함께 걸어서 등교했다. '함께'라고 말해도 좋을 수준이었다. 조지프는 항상 내 뒤에 살짝 떨어져 있었다.

우리는 얼라이언스 강을 따라 걸었다. 강은 해마다 이맘때면 깊고 빠르게 흘렀고 지독하게 차가웠다. 으레 종을 울리려고 옛 회중 교회 앞에서 쉬었다. 제대로 명중하면 강을 건너는, 아니 건너게 해 주었던 다리 위로 올라갈 작정이었다. 이젠 다리에 댄 나무 널판이 거의 다 부서졌고 입구에는 '출입 금지' 표지판이 세워져 출입을 막고 있었다.

우리는 옛 회중 교회에서 왼쪽으로 꺾어 학교로 향했다. 그리고 딱히 서로 얘기를 나누지는 않았지만 어쩌면 조지프도 나와 함께 있어 기뻤을지 모른다고 생각했다.

하지만 조지프가 이스트햄 중학교로 온 것을 모든 선생님이 기뻐했는지는 잘 모르겠다. 오츠 선생님이 맡는 사회 시간과 할로웨이 선생님의 국어 시간에 조지프는 두 번째 줄 끝자리에 앉았다. 첫 번째 줄 끝자리였던 나와 붙어 앉게 되었다. 조지프는 8학년이었는데도 말이다.

조지프는 수학을 잘해서 듈니 선생님의 8학년 기초 대수학 수업에는 들어갔지만, 콜럼 선생님이 8학년 과학 수업에는 들여보내지 않았다. 그래서 우리는 과학 시간에 실험 짝꿍이 되었다.

스와이텍 선생님과 함께하는 체육 시간에 조지프는 8학년 무리와 함께 줄을 섰는데 체육관에서는 6학년과 7학년 무리의 건너편에 섰고, 줄 끝에서 선 조지프가 나와 눈이 마주칠 때면 고개를 절레절레 흔들었다. 이거 해라 저거 해라, 체육 시간에 듣는 지시가 끔찍했기 때문이었지만 그래도 조지프는 노력했다.

5교시가 되자 우리는 캔턴 선생님과 함께 방과 후 면담에 참여했다. 적어도 나와 함께 듣는 수업에서는 선생님들이 조지프에게 관심을 기울이는 듯했다. 전혀 그 애를 겁내지 않는 것처럼.

하긴 선생님들은 조지프가 잠결에 하는 말이나 고함을 알지 못한다.

"이거 봐, 이······." 뒤로 내가 알아들을 수도 없는 말이 이어진다. 또 조지프가 울음을 터뜨리는 모습과 어떤 한 이름을 내뱉는 모습도 알지 못한다. 조지프는 그 이름을 무슨 짓을 해서라도 찾아야 할 사람의 이름인 것처럼 읊조린다.

어쩌면 선생님들도 늦은 밤 조지프의 외침을 들었더라면 조금은 조지프를 겁냈을지도 모르겠다. 조지프가 이스트햄 중학교로 오지 않았더라면, 하고 바라는 선생님이 한 분쯤은 생겼을지도 모르겠다.

어쨌건 아직까진 선생님들이 조지프에게 관심을 기울이고 있었다. 조지프가 소년원 선생님을 죽이려고 한 시도는 한 번으로 충분했던 것 같다. 적어도 할로웨이 선생님이 그렇게 생각하게 된 건 확실했다.

조지프는 사진 한 장을 품고 다녔다. 가끔 조지프는 지갑에서 그걸 꺼내 바라보았다. 계속 사진을 갖고 다녔기 때문에 아무도 그 사진을 볼 수 없었다. 심지어 나도.

조지프가 등교한 둘째 날 국어 시간에 할로웨이 선생님이 산만하다며 조지프를 지적했고, 끝자리로 다가가서 손에 쥐고 있는 게 뭐든 내놓으라며 손을 뻗었다. 조지프는 내놓지 않았다. 그 애는 사진을 지갑 안에 넣고 그 지갑을 바지 주머니에 넣은 다음 책상을 내려다보았다.

할로웨이 선생님은 오래 기다리지 않고 내민 손을 거두었다. 선생님은 눈을 반쯤 감고 교탁으로 돌아가며 노트에 뭐라고 적고는 위쪽 서랍에 넣었다. 그러고는 시인 로버트 프로스트가 담장 고치는 이야기를 이어 설명했다.

이후 할로웨이 선생님이 반쯤 감은 두 눈을 두 번째 줄 끝자리로 돌리는 일은 결코 없었다.

그리고 또, 캔턴 선생님이 있었다.

우리가 처음 지각한 날로부터 일주일 후, 캔턴 선생님이 사물함 옆에 있던 나를 찾았다. 나는 사물함 문을 열려고 했지만 얼어 버린 손 때문에 손가락을 전혀 움직일 수 없었다. 장갑을 벗은 채로 옛 회중 교회 종탑을 돌로 맞히려다 그렇게 된 거였다.

"해스컬 씨 말로는 너희가 오늘도 학교 버스에 안 탔다던데."

캔턴 선생님이 말했다.

"걸어서 왔어요."

내가 답했다.

"조지프 브룩과 함께 말이지?"

캔턴 선생님이 물었다.

끄덕끄덕.

"마지막 자리가 뭐냐?"

선생님이 물었다.

"8이요."

캔턴 선생님이 자물쇠를 돌려 숫자 '8'에 맞추고 내 사물함 문을 열었다.

"잘 들어라, 잭슨."

선생님이 말했다.

"나는 네 부모님을 존경한다. 아무렴. 조지프 브룩 같은 애들을 평범한 가정으로 데려와 세상에 변화를 일으킬 분들이지. 하지만 조지프 브룩 같은 애들이 늘 평범하지만은 않아. 알아듣겠니? 걔들은 하던 대로 행동하거든. 뇌 구조부터가 다르니까. 걔들은 생각하는 방식도 너나 나와 달라. 그래서 걔들이 하는 거라고는……."

"그런 애 아니에요."

내가 말했다.

"그래? 잭슨, 네가 언제부터 교감 선생님과 면담하는 학생이었지? 언제부터 지각을 했어?"

나는 아무 말도 하지 않았다.

"지난 월요일부터였지."

캔턴 선생님이 말했다.

"그때 넌 누구와 있었지?"

나는 이번에도 아무 말도 하지 않았다.

"그래, 그거야."

캔턴 선생님이 말했다. 선생님이 신은 갈색 구두는 누군가 바로 10분 전에 광을 낸 것처럼 보였다. 긁힌 자국이 전혀 없었고 심지어 코 부분도 깨끗했다. 어떻게 자국 하나 안 남은 신발을 신는 게 가능한지 모르겠다.

"선생님은 네게 조지프 브룩을 조심하라고 충고하는 거다."

캔턴 선생님이 말했다.

"넌 그 애에 관해 아무것도 몰라."

선생님은 그렇게 말하고 자국 하나 없는 신발로 걸음을 옮기며 멀어졌다.

"그런 애 아니라고요."

내가 웅얼거렸다.

그날 오후 나는 버스 주차장 뒤쪽에서 조지프와 만났다. 조지프가 거기서 날 기다리고 있었다. 캔턴 선생님이 정문 근처에 서서 우리를 주시했다. 그러고는 우리가 무슨 비밀이라도 나눈 사이인 것마냥 날 보며 고개를 끄덕였다.

조지프는 나와 거리를 둔 채 내 뒤를 따라 걸었다. 누구와도 비밀 같은 것은 나누고 싶어 하지 않는 모습이었다.

우리가 옛 회중 교회를 지날 무렵 내가 멈춰 서서 몸을 돌려 물었다.

"괜찮아?"

"뭐가?"

조지프가 답했다.

"너 괜찮아?"

"안 괜찮을 이유는 또 뭔데?"

"저기, 네 딸 이름이 뭐야?"

조지프가 나를 쳐다보았다. 검은 눈동자가 나를 향했다.

"네가 상관할 일……."

"그냥 궁금해서."

조지프는 한참이나 뜸을 들였다.

확실히 추운 날씨였다. 아마 영하 9도쯤 됐거나, 영하 10도, 어쩌면 그보다 더 낮을지도 모르겠다. 스쿨버스가 우리 옆을 스쳐 지나갔고 존 월이 내가 얼마나 멍청이인지를 알려 주려는 듯 차창을 두들겨댔다.

"주피터."

조지프가 말했다. 내가 생각해도 내 얼굴은 좀 놀라 있었을 것이다.

"우리가 가장 좋아하는 행성이 목성이었거든."

조지프가 덧붙였다.

"우리?"

조지프가 고개를 끄덕이며 저 앞을 보았다.

"네 말은, 너랑……."

조지프는 여전히 앞으로 시선을 고정한 채 고개를 끄덕였다. 그러고는 그대로 나를 따라 집으로 왔다.

잠시 후 엄마가 상담을 위해 조지프를 데려갔고, 둘을 태운 차가 집으로 돌아왔을 때 조지프는 두 눈을 감고 있었다.

그날 저녁 식사는 따뜻하고 캄캄했다. 가끔 엄마는 촛불 몇 개만 밝혀 놓고 식사하길 좋아했는데, 그때마다 우린 흔들리는 노란 불빛 앞으로 모여 앉았다.

조금 있다 나온 바깥은 차갑고 밝았다. 달은 안 보였지만 대신 별이 무척 밝게 빛나서 현관에 쌓아 놓은 부엌 화로용 장작 더미에 모닥불을 밝힐 필요도 없었다. 우리 셋이 몇 번 움직이는 것으로 금방 준비가 끝났고, 나는 마당에 멈춰 서서 하늘을 올려다보며 아빠에게 물었다.

"목성이 어디에 있는지 알아요?"

"목성?"

아빠가 별을 바라보며 이어 말했다.

"쟥, 아빠도 모르겠구나. 혹시 저 큰 별이 아닐까?"

아빠가 손가락으로 하늘을 가리켰다.

"저거예요."

조지프가 말했다. 조지프는 산봉우리 너머를 가리켰다.

"어떻게 알았니?"

아빠가 물었다.

"나는 주피터가 있는 곳이라면 언제든 알 수 있어요."

조지프의 대답에 아빠가 조지프를 바라보았다. 지난번 본 슬픔이 아빠의 눈빛에 깃들었다.

조지프가 안으로 들어갔다.

이 자리에 캔턴 선생님이 함께 있었더라면, 그러기만 했다면, 그랬으면 선생님도 조지프가 그런 애가 아니란 걸 알았을 거다.

제2장

모든 선생님이 조지프가 이스트햄 중학교에 있어선 안 된다고 생각한 것은 아니었다.

스와이텍 선생님은 조지프가 대단하다고 생각했다. 11월 중반 우리가 체조 대형으로 모였을 때 선생님은 다른 8학년생들을 능가하는 조지프의 재주를 발견했다. 그동안 선생님이 지도해 본 어느 8학년생들보다도 실력이 더 뛰어났다.

트램펄린 위에서 재주를 넘으라고 하면? 조지프는 두 바퀴나 돌 줄 알았다.

평행봉 위에서 물구나무를 서라고 하면? 문제없다. 게다가 조지프는 한 손으로 상상하는 것보다 더 오래 버틸 줄 알았다.

안마 기구를 뛰어넘으려면? 간단하다. 조지프는 추가로 회전까지 하며 넘었다. 진짜로 회전이었다.

밧줄을 잡고 60초 이내로 천장을 오르라고 하면? 조지프는 38초 내로 올랐고 다리는 쓰지도 않았다. 그건 선생님만 시범 보일 수 있는 거였는데, 그건 선생님이 오래전 베트남에서 지뢰 때문에 두 다리를 잃었기 때문이었다.

천장까지 올라갔다 내려가는 시합을 한 첫날에 스와이텍 선생님이 4초 앞서며 1등을 차지했지만, 두 번째 날에는 조지프가 선생님을 3초 앞섰다.

그때 조지프가 세 번째로 웃었다. 뭐, 그 비슷한 거였다.

"뻐길 것 없다."

선생님이 말했다.

"네가 한 거라고는 고작 다리도 없는 노인을 2초 앞선 것뿐이니까."

"3초요."

조지프가 여전히 웃는 얼굴로 대꾸했다. 뭐, 그 비슷한 얼굴로.

"3초."

선생님이 읊조렸다. 그러더니 나머지 8학년생들과 6학년생들을 보았다.

"아직 그 다리 없는 노인이 나머지 너희들을 3초보다 훨씬 빠르게 무찌를 수 있으니, 다시 해 보자꾸나."

짐작하겠지만 나는 밧줄 타기를 2분 내로 할 수 있다. 이건 다른 6학년생들이 허덕일 만한 기록이다. 게다가 두 다리까지 쓸 수 있다면? 내게도 기회는 있다.

듈니 선생님도 조지프가 이스트햄 중학교에 온 걸 기뻐했다.

듈니 선생님은 6학년, 7학년, 8학년 수학을 가르쳤다. 선생님은 숫자와, 숫자가 하는 일, 심지어 숫자의 생김새까지도 사랑했다. 때로 선생님은 우리가 어째서 선생님만큼 숫자를 좋아할 수 없는지를 이해하지 못했다. 그도 그럴 것이, 듈니 선생님 말고 대체 누가 방정식을 사랑할 수 있을까?

듈니 선생님이 버스 통학 감독을 맡은 날, 나와 조지프는 버스 줄 맨 끝에서 기다려야 했다. 듈니 선생님이 조지프에게 문제를 몇 개 냈기 때문이었다.

도형 문제였다. 정말이다. 도형 문제라니……

조지프는 그걸 전부 이해했다. 내 생각으로는 그랬다. 바로 알지 못해도 알아낼 수 있었다.

다음 날 5교시 방과 후 면담 시간에 듈니 선생님은 조지프와 내가 방과 후 면담 의자에 멍하니 앉아 있는 것을 보았다. 상담 시간에 하는 일이라곤 이러고 있는 게 대부분이었다. 선생님은 뭐라고 한 뭉텅이를 끼적인 메모지를 조지프에게 건넸다.

"이 정리 증명해 볼래?"

선생님이 묻자 조지프가 메모지를 받아 들었다. 조지프는 상담 시간 내내 그 문제를 풀었다.

어느새 수업 종료종이 울리자 조지프는 메모지를 듈니 선생님의 교실로 가져갔다. 이후 듈니 선생님은 매 5교시 방과 후 면담 시간마다 새로운 문제를 가져왔다. 선생님이 그걸 조지프에게 건네면 조지프가 푸는 식이었다.

한번은 듈니 선생님이 새 문제를 조지프에게 건네는 걸 본 캔턴 선생님이 말했다.

"이 애들은 방과 후 면담 중입니다."

듈니 선생님이 캔턴 선생님에게 고개를 돌렸다.

"그럼요."

그러고는 비꼬듯 이어 말했다.

"이 애들이 교내를 돌아다니며 서류 심부름을 하는 일이, 위대한 수학자들이 수천 년간 씨름해 온 문제에 도전하는 것보다 훨씬 더 중요하겠지요."

"그럼 애들이 이 문제들의 답을 당장 내야 한다고 생각하세요?"

캔턴 선생님이 물었다.

"캔턴 선생님, 중요한 건 답이 아닙니다. 답을 내는 과정 속에 재미가 있는 거니까요."

듈니 선생님이 그렇게 말하면서 자리를 뜨자 캔턴 선생님이 교감실로 들어갔다. 캔턴 선생님은 교감실에서 접힌 종이 열다섯 장을 가지고 나왔다.

"이걸 전해 주고 와야겠다. 돌아와서는 출석부 정리를 해 주면 좋겠구나."

그날 이후 우리는 5교시 방과 후 면담 시간에 상당히 바빠졌다. 그런 이유로 조지프는 듈니 선생님 교실에서 점심을 먹게 되었다. 듈니 선생님이 그러자고 했을 것이다, 아마도. 학기 말 무렵에는 듈니 선생님이 조지프에게 간단한 삼각함수 문제도 주었다.

이 두 선생님은 조지프를 아꼈다.

조지프는 결코 자기 가족 얘기를 하지 않았지만, 나는 그 애 아빠를 만난 적이 있다.

그날 조지프는 상담 때문에 집에 없었다. 곧 우리가 젖을 짤 참이었고, 나는 큰외양간을 칸마다 청소하던 중이었는데 어느

36

순간 그 사람이 내 옆에 있었다. 나를 가두는 듯한 자세로 서 있었다. 나는 그 사람을 보자마자 조지프의 아버지라는 걸 알았다. 검은 두 눈이 닮았기 때문이었다.

"조는 어디 있냐?"

그 사람이 물었다.

소들이 커진 눈으로 두리번거리면서 꼬리를 획획 휘두르고는 고개를 쳐들어 음매, 울기 시작했다. 꽤 겁을 먹었다는 뜻이었다. 소는 자신들이 묶인 자리로 낯선 사람이 다가오는 것을 반기지 않는다. 그때가 젖을 짤 무렵이면 더욱 그렇다. 적당히 낯선 사람이라면 또 모를까. 이를테면 조지프라든지.

"없어요."

내가 말했다.

"그치들이 네게 이런 허드렛일이나 시키는 거냐? 넌 여기서 뭘 하냐?"

그 사람이 물었다. 달리아가 제 뒷발을 찼다. 달리아가 뒷발을 찬다는 것은 정말로 심기가 불편하다는 뜻이다.

"전 여기 살아요."

내가 말했다.

"그건 나도 알아. 전에는 뭘 했느냐는 말이다."

내 뒤에서 양동이가 서로 쨍, 하고 부딪치는 소리가 들렸다.

아빠였다. 아빠가 달리아의 엉덩이를 쓰다듬었다. 전에 말했던 로지만큼이나 달리아도 누가 엉덩이를 쓰다듬어 주는 걸 좋아했다. 언제든 엉덩이를 쓰다듬으면 달리아는 바로 차분해졌다.

"조지프 아버지 되십니까?"

아빠가 물었다.

"그렇네만."

그 남자의 대답에 아빠가 고개를 끄덕이더니 말했다.

"잭, 여기로 와서 로지 자리를 좀 더 펴 줄래?"

그런 다음 아빠가 조지프의 아빠에게 말했다.

"여기 계시면 안 됩니다."

"그 작자들이 내 아들을 처넣은 지옥 구덩이 생긴 꼴이나 보려고 왔는데."

"다시 말하지만, 여기 계시면 안 됩니다."

"개한테도 비료 삽질이나 시키나? 그러려고 여기 있는 건가? 애들 한 뭉텅이 데려다 비료 삽질이나 시키려고?"

아빠가 안경을 벗고 눈을 비볐다.

"조지프는 우리가 잘 보살피고 있어요."

아빠가 말했다.

"인제 가십시오."

"거, 나도……."

"다 압니다. 하지만 말했듯이, 인제 가세요."

아빠가 안경을 고쳐 썼다. 둘은 한참이나 서로를 쳐다보았다. 그런 다음 조지프 아빠가 내가 입에 담으면 안 되는 말을 몇 마디 뱉더니 나를 쳐다보았다. 아빠가 한 걸음 더 앞으로 다가가자 조지프 아빠는 그런 말을 몇 마디 더 내뱉고는 가 버렸다.

달리아는 그걸 내내 보고 있었다. 만일 조지프 아빠가 일정 범위 내로 가까워졌다면 글쎄, 성치 않은 꼴로 외양간을 나가야 했을 거다.

말했지만, 소들과 어떻게 지내는지를 보면 우리는 그 사람이 어떤 사람인지 다 알 수 있다.

11월의 끝자락이 되자, 아빠의 말이 옳았다는 걸 알았다. 우리는 고약한 겨울을 나는 중이었다.

추수감사절에는 눈이 심하게 내려서 20센티미터 넘게, 어쩌면 25센티미터까지 쌓였고 주말에 몇 센티미터가 더 더해졌다. 그리고 추웠다.

추수감사절 당일에는 영하 9도, 이후 토요일에는 영하 12도까지 내려갔고, 월요일에는 다시 영하 10도로 올랐다.

"이 정도 더위는 평범하지."

아빠가 우스갯소리를 했다.

이 정도로 추운 때면 아침마다 따뜻한 소의 체온에 기대는 일을 즐기게 된다. 조지프도 그랬다. 로지의 엉덩이를 문질러 주고, 로지가 제게 사랑한다고 음매, 우는 소리를 듣는다. 조지프는 이제 늘 로지의 젖을 가장 먼저 짰다. 아침에도 오후에도.

조지프의 젖 짜는 속도가 느린 건 그냥 로지가 조지프를 좋아하고 그걸 표현하는 시간을 조지프가 빨리 끝내 버리고 싶지 않아서 그런 것은 아닐까, 하고 나는 때로 생각했다. 어쩌면 말이다.

월요일까지도 계속 추웠다. 게다가 햇빛이 상당히 쨍했지만 그날 오후에 또 눈발이 휘날렸는데, 땅으로 떨어지든 말든 상관하지 않겠다는 듯 공중을 떠다녔다.

스쿨버스가 옛 회중 교회에서 우리를 지나쳤고 우리는 집으로 향하는 길이었다. 차창이 전부 뿌옇게 흐렸지만 해스컬 아저씨가 존 월에게 "창문 닫아, 당장 안 닫아?" 하고 고함치는 소리가 엔진 소리를 뚫고 들렸다. 존 월이 밖에서 몰래 갖고 탄 눈덩이를 던지려고 열어 둔 거였다.

하지만 존 월의 눈덩이는 우리 가까이에 닿지도 못했다. 아마 뒷발을 안 굴렀을 거다.

버스가 높게 쌓인 눈길로 굴러가며 멀어지자, 우리 주변이 온통 흰색만 남았다. 땅, 나무, 교회의 물막이용 판자, 하늘까지.

얼라이언스 강마저도 하얗게 얼었다. 조지프가 길가에 가방을 내던지며 높게 쌓인 눈을 타고 올라 강 쪽으로 향한 것도 아마 그 이유에서였을 거다.

나도 조지프를 따라갔다. 강을 잘 알지 못하면 둑이 끝나고 강이 시작되는 지점을 놓치기가 쉬웠다.

게다가 얼라이언스 강은 유속이 상당히 빨라서 겨울이 한창 무르익은 뒤에도 얼음이 단단하게 얼지 않는다. 더구나 이곳은 여느 강이 무릇 그러는 것보다 훨씬 더 훌쩍 깊어진다.

내가 보기에 조지프는 얼라이언스 강을 잘 아는 것 같지 않았다.

눈이 두껍게 쌓였지만 조지프는 틈으로 길을 만들며 지나갔고 그러느라 나보다 속도가 느렸다. 그럼에도 조지프는 내가 강둑에 닿기도 전에 얼음판을 먼저 밟았다.

"조지프, 뭐 하게?"

"맞혀 봐, 재키."

조지프가 한쪽 발에 체중을 싣고 얼음 위로 삐딱하게 섰다. 나는 발을 쿵쿵 구르며 주변 눈길을 밟았다.

조지프가 뒷발을 구르며 얼음판으로 미끄러져 강으로 향했다. 나도 강둑을 따라 갔다.

"있잖아. 얼음이 언 지 얼마 안 됐어."

내가 말했다.

조지프는 대꾸하지 않고 다시 발을 구르고 또 굴렀다. 두 번째 시도에서 조지프는 강둑 경계를 둘러 가는 대신 강 중앙으로 미끄러져 향했다. 바닥이 비쳐 얼음 색이 짙은 자리였다.

"조지프, 그냥 하는 말이 아니야."

바람이 세게 불자 조지프는 외투 지퍼를 내리고 날개처럼 펼쳤지만 더 속도가 나지는 않았다. 그러자 뒷발을 다시 굴렀고 얼음판 자리가 이제 매끈해졌다.

조지프는 그 자리에서 두 번 빙글 돌더니 다시 발을 굴렀다. 점점 깊은 얼음판 한가운데로.

"조지프!"

내 목소리가 꼭 우는 것처럼 들렸을 거다. 아니면 고함치는 것처럼 들렸거나. 어쩌면 둘 다였을지도 모르겠다. 그게 어떻게 들렸건 조지프가 나를 돌아보았다.

그러더니 다시 방향을 돌려 얼음판 안쪽으로 나아갔다. 나는 그 이름을 소리쳐 불렀다. 밤이면 어둠 속에서 조지프가 부르던 이름, 조지프가 몇 번이나 부르고 또 부르던 이름을 말이다.

"매디! 매디!"

조지프가 내게로 몸을 돌렸다.

그 애가 나를 보는 모습은 꼭, 앞으로 누구라도 다시는 나를 그렇게 보지 않았으면 싶은 그런 얼굴이었다. 하지만 조지프는 얼음판 안쪽으로 한층 가까워졌다.

"매디."

내가 외쳤다.

"닥쳐."

조지프가 말했다.

"닥치라고."

나는 온통 하얀 얼라이언스 강 둑길 한가운데 서서 조지프가 나오길 기다렸다. 하지만 조지프는 꼼짝하지 않았다. 정말 꼼짝도 하지 않았다.

강둑 윗길로 차 한 대가 지나갔다. 한 대 더, 또 한 대가 더, 하지만 이번 차는 멈춰 섰다. 누군가 외치는 목소리가 들렸다.

"야, 멍청한 놈들아, 거기서 뭘 하고 있어? 당장 나오지 못해?"

조지프가 차 주인을 올려다보더니 위아래로 뛰기 시작했다. 세게, 두 발로 얼음판을 두드렸다.

그러자 차가 가 버렸다. 조지프는 뛰던 걸 멈췄다. 불현듯 그애는 완전히 기진맥진한 것처럼 보였다.

"조지프."

내가 말했다. 그 애가 나를 다시 돌아보더니 내 쪽으로 다가

왔다. 지친 걸음이 하나둘 이어졌다. 조지프는 발을 전혀 미끄 러뜨리지도 않았다.

나는 상관하지 않았다. 한 걸음씩 딛고 서 있는 얼음판이 점 차 하얘졌다.

여섯 살 겨울, 나는 얼라이언스 강의 얇은 얼음 위에 선 누렁 이 한 마리를 보았다. 나는 엄마와 함께 있었는데 회중 교회에 서 서로 음식을 가져와 나눠 먹는 포트럭 아침 식사 모임이 끝 나고 돌아가는 길이었다.

회중 교회가 옛 회중 교회가 되기 전의 일이었다. 그 누렁이 는 조지프보다 더 얼음판 깊숙이 들어가 있었는데, 얼마 되지 않아 강에 빠졌고 두 눈이 커지면서 앞발로 뭐든 긁으며 잡을 만한 것을 찾으려 했다. 그 개는 소리도 내지 않았다.

나는 엄마에게 우리가 구해야 한다고 말했지만, 엄마는 내 팔 을 잡고 놓지 않았다. 나는 강으로 들어가지 못했고, 엄마의 다 른 손은 자기 입을 막고 있었다. 개가 거의 다 빠져나올 즈음 주 변 얼음이 다시금 깨졌고, 개는 뭐라도 잡으려 발버둥 치다 갑 자기 멈춘 채 고개를 얼음판 쪽으로 숙이더니 깊은 물속으로 미 끄러져 들어가 그렇게 사라졌다. 가 버렸다.

나는 농장에 산다. 동물이 죽는 걸 보는 일은 내 일상이다. 하 지만 그런 건 처음이었다.

나는 밤마다 그 누렁이를 떠올리면서 슬퍼하고 시간이 얼마나 흘렀는지도 모르게 울었다. 그 개는 꿈에도 나왔다. 내가 그 개가 되는 꿈이었는데 얼음판 밑의 차가운 물이 내 다리를 당겨 끌어내리고, 내 손은 너무 차가워져 움직이지 않았다. 바로 그 순간 나는 고개를 얼음판 쪽으로 숙이고 깊은 물속으로 미끄러져 들어갔다.

나는 매번 그 순간에 깼다. 식은땀을 흘리며 내가 정말로 소리 내어 살려 달라고 비명을 질렀는지, 아니면 그저 꿈속에서만 그랬는지 몹시 마음이 쓰였다.

그게 이 순간이 내게 악몽처럼 느껴지는 이유다. 강둑에서 세 걸음이나 떨어졌을까, 조지프가 얼라이언스 강 얼음판 속으로 떨어졌다.

조지프는 가라앉지 않았다. 양팔을 뻗어 제 몸을 붙들기는 했어도, 물이 텀벙거리며 조지프에게 튀었고 거의 어깨높이까지 잠기자 그 애의 두 눈이 커졌다. 누렁이가 그랬던 것처럼.

조지프의 다리를 휘감은 물살이 거의 느껴질 지경이었고 뭍에 닿으려 손을 뻗은 채 얼음판을 긁고 또 긁었다.

나는 비명을 질렀던 것 같다. 이내 가방을 벗어 안에 든 것을 전부 눈 위로 버렸다. 조지프는 여전히 얼음판을 긁고 있었다.

나는 한 발을 얼음판에 디뎠다. 조지프가 겨우 세 걸음 너머에 있었으니까. 그리고 가방끈 끄트머리를 붙들고 가방을 조지프에게 던졌다.

그때 내 발이 얼음을 뚫고 물속으로 빠지는 게 느껴졌다. 물속 돌의 감촉도 느껴졌다. 얼음판 밑의 물살이 얼마나 센지 말해도 믿지 못할 거다. 겨우 내 무릎까지 오는데도 그랬다.

나는 한 번 더 비명을 질렀던 것 같다. 하지만 조지프가 가방한쪽 끝을 잡고 있었다.

"꽉 잡아!"

내가 고함을 질렀다. 조지프가 제 몸을 당겨 얼음판 위로 올라오려고 애썼지만 왼손이 힘을 쓰지 못하고 몸이 거의 가라앉을 판이었다.

나는 둑을 향해 몸을 눕히며 가방을 당겼다. 그러다가 반대쪽발이 미끄러져 깊은 물로 빠졌고 물살이 내 양쪽 무릎을 홱 잡아당겼다.

그때 내가 비명을 지른 건 어느 정도 기억이 난다.

조지프가 반대편에서 제 몸을 밀어 올리려고 애썼지만 얼음에 갇혀 버렸다. 나는 다시 가방을 당겼고 조지프의 가슴께가 얼음판 위로 올라왔다.

"물러서!"

조지프가 고함쳤다.

"뒤로 가라고."

하지만 나는 물러설 수 없었다. 물살이 급했고 만일 내가 밟고 있는 돌 위에서 두 발을 뗀다면 무슨 일이 일어날지 알 수 없었다. 내가 미끄러질지도 몰랐다. 그 누렁이처럼.

조지프의 몸 전체가 이제 얼음판 위로 올라왔다. 조지프는 강둑으로 곧장 와서 눈밭을 굴렀다. 조지프의 손이 내 외투를 잡아당기자, 잠시 내 발이 바닥의 돌에서 떨어지는 게 느껴졌고 나는 다시 한 번 비명을 질렀던 것 같다.

하지만 그때 내 등이 강둑 위에 닿으려 했고 나는 발길질을 하려고 애썼다. 얼음장 같은 물속에 잠겨 있던 다리로는 여간해서 쉽지 않은 일이었다.

비로소 내 양발 뒤꿈치가 물 대신 땅 위에 쌓인 눈 속에 처박히자 나는 겨우 비명을 멈췄다.

"미쳤어?"

내가 낯선 목소리로 외쳤다.

조지프가 일어나더니 온몸을 흔들었다. 개가 제 몸에 묻은 물기를 털어낼 때처럼. 하지만 조지프는 여전히 푹 젖어 있었다. 벌써 머리카락이 가닥가닥 검게 얼어 가고 있었다.

"너 미쳤냐고!"

내가 다시 외쳤다.

조지프는 자기 얼굴의 물기를 문질러 닦았다. 나도 일어나 가방에서 꺼내 던져 놓은 물건을 주웠다. 어느새 그것들도 조지프처럼 전부 푹 젖어서 꽁꽁 얼어 가고 있었다.

"사람들이 다 이러다 죽는 거야."

내가 말했다.

"물에 빠져서 얼음 밑에 갇히거나, 아니면 빠져나오더라도 얼어 죽지."

"그럼 우린 너희 집으로 돌아가는 게 좋겠어, 재키."

조지프가 말했다.

"잭이거든?"

내가 대꾸했다.

"그래."

조지프가 대답했다.

"너 대체 왜……."

"아무튼 둘 다 나왔잖아."

조지프가 내 말을 끊고는 강둑 윗길로 올라가기 시작했다. 하지만 입술은 이미 파랗게 질려 있었다. 걸음걸이로 보건대 바지도 꽁꽁 언 것 같았다. 왜 아니겠는가.

내 바지도 꽁꽁 얼었다. 그래서 위로 올라왔을 때 캔턴 선생님의 차를 마주친 게 영 나쁜 일이라곤 할 수 없었다. 차 앞 유리 너머에서 선생님은 마치 살면서 가장 최악의 멍청이들을 마주친 것처럼 우리를 쳐다보았다. 선생님이 차를 세우고 차창을 내렸다.

"뒤에 타라."

선생님의 말에 내가 자리를 잡고 타자 조지프가 제 가방을 들고 따라 탄 다음 문을 닫았다. 캔턴 선생님은 히터 온도를 올려 주었다.

"누가 학교에다 얼음판 위에 미친 애들 둘이 있다고 신고하지 않았으면 내가 이렇게 오지 못했을 거다."

선생님이 몸을 돌리더니 조지프를 쳐다보았다.

"누구 짓일지 알아내는 건 일도 아니었지."

그러고는 선생님이 내게 고개를 돌렸고, 누굴 두고 하는 말인지 짐작이 갔다.

"외투들 벗어라, 스웨터도."

그렇게 말하고 캔턴 선생님은 우리를 집에 데려다주었다. 차가 멈춰 서자 선생님은 우리에게 5교시 방과 후 면담 시간에 이 일에 대해 얘기할 거라고 일러 주었다.

"기대해라."

선생님이 말했다.

우리가 집으로 들어갔을 때 엄마가 어떻게 나왔을지는 알 만하다.

"화로 앞에 서 있어."

엄마가 말했다.

"다 젖었네, 벗어. 빨리."

그러고는 위층으로 뛰어 올라가 안 입는 옷을 보관하는 방충용 삼나무 옷장에서 빨간 털 담요 두 벌을 가져왔다. 감촉이 따끔따끔한 담요였다.

"속옷도 벗어. 이미 볼 꼴 못 볼 꼴 다 봤으니까."

그러면서 엄마는 우리에게 담요를 건넸다.

"이거 몸에 두르고 저기 서 있어라."

엄마의 말에 조지프가 빨간 털 담요를 두르고 나를 쳐다보더니 담요를 좀 더 세게 여며 둘렀다.

그사이 엄마는 화로 주변에서 부산하게 움직이더니 코코아 두 잔을 따라 주었다.

"이거 마셔."

엄마가 말했다.

"혹시 커피 있으면……."

조지프가 말했다.

"커피 마시기에 넌 너무 어려."

엄마의 말에 조지프는 엄마가 건넨 코코아를 받아 마셨다.

아빠가 돌아와서 어떻게 나왔을지도 알 만하다. 주로 나를 향한 거였다.

"잭, 아빠가 겨울마다 네게 뭐라고 했지?"

"아빠가 안전하다고 하기 전까지는 얼음판에 올라가지 말라고요."

"그럼 아빠가 안전하다고 했니?"

"아저씨, 그게 아니라……."

"한 적 없지. 조용히 해라, 조지프. 이제 금방 네 차례니까. 어떤 바보 천치가, 그것도 평생 강가에서 살았다는 녀석이, 대체 이런 무모한 짓이 또 어디 있어? 이건 네가 꾸밀 수 있는 짓 중에 가장 멍청한 짓이다. 단 1분이라도 내가……."

"잭이 얼음판에 올라간 건 저 때문이에요."

조지프가 아빠의 말을 끊었다. 아빠가 천천히 고개를 조지프를 향해 돌렸다.

"그 얘기도 이따 할 거다."

아빠가 말했다.

나머지 얘기는 더 할 필요도 없다. 충분히 생각하고 현명한 결정을 내려야 하며, 쓸데없이 어리석은 위험을 감수하지 말 것이고, 실은 어리석은 위험 자체를 그냥 아예 감수하지 말라는 내용이었다.

아빠가 조지프에게 한 얘기는 알려 줄 수가 없다. 왜냐하면 아빠는 숙제하라며 나를 부엌으로 보냈기 때문이다.

얘기가 끝나고 조지프가 와서 내 옆에 앉았다. 조지프는 『즐거운 물리 시간!』의 책장을 휙휙 넘겼다.

"미안해, 재키."

조지프가 말했다. 그게 끝이었다.

"잭이라니까."

내가 답했다. 조지프는 계산기를 꺼내더니 자기 할 일을 시작했다.

그날 밤 우리 방은 추웠고 내 체온은 아직 제대로 돌아오지 않았다. 그래서 침대 이불 밑으로 인간이 할 수 있는 한 최대한 빠르게 파고들었다.

그런데 자려고 방에 들어온 조지프가 침대 앞에 서서는 양팔을 위층 침대에 기댄 채 나를 내려다보았다. 얼음장 같던 강에서, 나는 처음으로 조지프의 흉터를 또렷이 보았다. 조지프의 오른팔 밑에서 죽 내려간 하얀 자취가 들쭉날쭉하게 옆구리 전체를 타고 운동복 바지춤까지 내려갔다. 나는 그 상처가 다리 밑으로 더 이어질지 궁금해졌다.

"재키."

조지프가 말했다.

"잭이라고."

내가 대답했다.

"캔턴 선생님 일은 걱정할 것 없어. 너희 아빠가 선생님한테 전화할 테니까 네게 별일 없을 거야."

"걱정한 적 없어."

"한 거 알아."

"그런 적 없거든?"

"한 거 알아."

내 배 속이 살짝 편안해졌다. 솔직히 걱정하고 있었다. 온통 걱정뿐이었다.

조지프가 짚고 있던 발을 반대쪽 발로 바꿨다. 나무 바닥이 꽤 차가웠을 거다.

"그리고, 재키."

조지프가 말했다.

"다신 '매디'라고 하지 마, 알겠어? 그 애 이름은 매들린이야. 그 애를 매디라고 부를 수 있는 건 나뿐이야."

"그래."

"그러니까 그 이름을 다신 입에 올리지 마."

"그래."

내가 말했다.

"그래."

조지프가 방을 가로질러 책상으로 가더니 전등을 껐다. 날이 몹시 추웠지만 조지프는 창가에 서서 밤하늘을 올려다봤다. 조지프의 손이 차가운 창문 유리에 닿았다. 그러더니 드디어 침대 가로 와서 자기 침대로 올라갔다.

조지프는 꼼짝하지 않고 가만히 누워 있었다. 한참이나.

"조지프."

내 부름에 조지프는 잠시 뜸을 들이다가 대답했다.

"……응."

"얼음판에 왜 올라갔어?"

그리고 또 잠시 뜸을 들였다.

"……매디가 스케이트 타는 걸 좋아했어."

조지프가 말했다.

이후 우리는 둘 다 꼼짝도 하지 않고 가만히 누워 있었다.

제3장

다음 날 아침 아빠는 우리에게 지금부터 봄이 올 때까지 버스를 타고 등교해야 한다고 통보했다.

의논이 아니라 통보였다. 온몸이 거의 다 얼 정도로 추웠기 때문에 나는 그렇게까지 불만스럽지 않았다.

우리가 버스를 타고 등교하는지 확인하기 위해 아빠는 길목에서 우리와 함께 버스를 기다렸다

해스컬 아저씨가 정차해 차 문을 열고 한심한 표정으로 생긋 웃으며 말했다.

"마음을 고쳐먹은 모양이지?"

조지프가 먼저 버스에 탔다. 조지프는 통로를 타고 쭉 들어가

맨 끝자리에 앉았다.

해스컬 아저씨가 조지프의 뒷모습을 거울로 내내 지켜보았
다. 그러더니 아빠와 내 쪽으로 몸을 틀었다.

"어제 자네 아들이 곤경에 빠졌다지?"

해스컬 아저씨가 말했다.

"그런가요?"

아빠가 대꾸했다.

"그렇다던데? 저 애를 헛간에 데려가 '가르침'이라도 준 모양
이지?"

"솔직히, 전 이 애가 한 행동이 제법 뿌듯합니다."

"익사할 뻔한 게?"

"이야기를 일부만 들은 모양이군요, 해스컬."

아빠가 몸을 돌려 집으로 돌아갔다. 아빠는 나를 돌아보지 않
았다. 그럴 필요도 없었다.

"탈 거냐, 말 거냐?"

해스컬 아저씨가 물었다.

내가 타자 버스가 휘청거렸다.

가는 내내 조지프는 『아무것도 아닌 옥타비안』을 앞자리에
받쳐 대고 있었다. 조지프의 자세는, 누구와도 함께 앉아 가지
않겠다는 뜻이었다. 나조차도.

가운데 자리에서 존 월이 나를 대니 네이션스와 어니 허퍼에게로 떠밀었고, 나는 일어나서 존 월에게로 뛰어들었다. 이어서 대니 네이션스가 이어폰을 빼고 일어나 우리 둘에게 뛰어들었다.

그러자 해스컬 아저씨는 우리에게 고함을 치면서 남은 길을 어떻게 걸어가든 발가락 때만큼도 상관할 바가 아니라고 말했다. 그러고는 뭔가 새 회중 교회 안에서는 들을 수 없을 법한 몇 마디를 덧붙였고 우리는 모두 자리에 앉았다.

"너 진짜 얼라이언스 강에 빠졌었어?"

존 월이 물었다.

"완전히 그런 건 아냐."

내가 답했다.

"강에 완전히 빠지지 않는 건 어떻게 하는 건데?"

"일부만 빠졌지."

"세상에."

대니가 말했다.

"사람들이 다 그러다 죽는 거야."

"허리까지밖에 안 왔는걸."

"허리까지 빠졌다고?"

존이 물었다.

"일부라고 했잖아."

내가 말했다.

"등신들."

어니가 말했다.

"너희는 완전 어이없는 등신들이야."

"물 밖에 나와 있는 부분이 있으면 거기서부터 어는 거 몰라?"

대니가 말했다.

그때 내가 대니에게 어떻게 했을지는 대강 짐작될 거다. 해스컬 아저씨가 한 번 더 고함을 쳤다.

"쟤네 싹수가 노래서 그렇다던데?"

대니가 소곤거렸다.

"그만해, 대니. 잭은 저런 애 아니거든?"

존 월이 말하더니 버스 뒤쪽으로 고개를 까딱거렸다.

"닥쳐."

내가 말했다.

"너나 닥쳐. 쟤가 정신병자인 건 다 알아. 쟤가 널 강으로 끌어들인 거 맞지?"

"아냐."

"너희 뭔데? 둘이 뭐, 친구라도 되냐?"

"존, 우리는 같은 집에 산다고."

"그게 뭐라고."

대니가 말했다.

"쟤는 어른들이 적당한 자리를 찾으면 금방이라도 갈 거잖아. 정신병자 학교 같은 데로."

"닥치라고."

내가 말했다.

"그거 알아, 꼬맹아? 너희 새 형이 선생님을 거의 죽일 뻔했어."

"정말이냐, 꼬맹아? 친절히 알려 줘서 고마워."

내가 따지듯 말했다.

"여자애들이 다 쟤 무서워해."

존이 말했다.

"아냐, 안 그러거든?"

내 말에 존, 어니, 대니가 고개를 끄덕였다.

"아냐, 정말이야."

존이 말했다.

"말도 안 돼."

"진짜 말도 안 되는 게 뭔지 알아? 8학년 남자애들이 혼자 있는 네 정신병자 새 형을 발견하기라도 했다가는, 어떤 애들 말하는지 알지? 진짜 말도 안 되는 일이 생길걸."

내가 존을 물끄러미 보았다.

"너 몰라?"

대니가 물었다.

"뭘?"

"쟤가 제이 퍼킨스한테 뭔 짓을 했는지 모른다고?"

"뭐?"

"듈니 선생님 수업 시간이었는데, 제이가 정신병자한테 걔 여친 가지고 뭐라고 했더니 바로 제이의 목을 졸랐다고."

"거짓말이지?"

내가 물었다.

"직접 물어봐."

대니가 말했다.

"안 물어볼 거야."

내 말에 대니가 어깨를 으쓱하며 말했다.

"내가 아는 건, 듈니 선생님 아니었으면 제이 퍼킨스가 지금쯤 죽은 목숨이었을 거라는 거야. 그리고 듈니 선생님은 제이한테만 뭐라고 했고, 딱히 별일은 없었어. 하지만 그런다고 그게 없던 일이 되진 않지."

"그게 무슨 뜻인데?"

내가 물었다.

"제이 퍼킨스가 네 새 형을 쥐어 팰 거라고 모두에게 말하고 다닌다는 뜻이야."

존이 고개를 끄덕였다.

"조지프에게는 정신병자 학교가 새 출발하기에 더 나을걸?"

존이 말했다.

책에 나오는 표현 중에 '심장이 멎는다.'는 말이 있는데, 그건 진짜 가능한 말이었다. 그럴 수 있는 거였다. 내가 딱 그랬으니까.

대니가 이어폰을 다시 귀에 꽂고 오른쪽으로 기댔다. 우리는 옛 회중 교회를 끼고 도는 중이었다.

나는 일어나 버스 뒤쪽으로 갔다. 내가 다가가자 조지프가 『아무것도 아닌 옥타비안』에서 눈을 떼고 날 올려다보았다.

"옆으로 좀 가."

내가 말했다.

조지프가 나를 한참이나 쳐다보더니 옆으로 비켜 주었다.

우리는 학교에 도착할 때까지 버스 안에서 계속 그렇게 있었다.

듈니 선생님은 스쿨버스에서 우리가 내리길 기다리고 있었다. 선생님은 내게 고갯짓을 하더니 조지프의 팔 쪽으로 손을 뻗었다.

조지프가 두 걸음 뒤로 물러났다.

"괜찮아. 괜찮다."

듈니 선생님이 말했다. 조지프는 묵묵히 있었다.

"수업 시작종이 울리기 전에 얘기 좀 하자."

둘은 함께 어딘가로 갔다. 조지프가 듈니 선생님에게서 떨어져 걸었다는 말이다. 두 사람이 무슨 이야기를 나누었는지 나는 모른다.

체육 수업 시작 전에는 스와이텍 선생님이 조지프에게 한 방 먹였다.

"네가 무슨 짓을 했는지 알기는 하느냐?"

선생님이 그야말로 고함을 지르듯 물었다. 그러지 않아도 체육관 안에서는 모든 소리가 다 울려 퍼지기는 하지만.

조지프는 어깨를 으쓱거릴 뿐이었다.

"한 번만 더 그런 짓을 했다가는, 이 몸이 나서서 널 저 체육관 밖으로 차 줄 거다."

"그게 돼요?"

조지프가 선생님을 쳐다보더니 물었다.

"보고 놀라지나 말아라."

스와이텍 선생님이 말했다.

"가서 체육복 입고 와."

선생님이 휠체어 방향을 휙 돌렸다.

"포터, 보스, 자네들 손이 남는 것 같으니 와서 트램펄린 주변에 매트 좀 깔거라. 퍼킨스, 자네는 평행봉 주변으로 매트를 깔고."

조지프가 그 애들을 지나 사물함을 향해 걸어갔다.

"당장."

스와이텍 선생님이 말한 '당장'은 좀 무시무시했다. 나는 이해하지도 못할 어떤 의도가 담긴 말 같았다.

체육 시간 내내 한 밧줄 타기 계주에서 내 순서가 아닐 때, 그나저나 이건 정말 바보 같은 시합이다, 나는 세 사람이 조지프를 주시하는 모습을 지켜봤다. 조지프가 평행봉에서 아주 멋지게 착지하자 그 애들은 조지프에게서 시선을 돌렸다.

조지프는 전혀 눈치도 못 챈 것처럼 보였다. 한 번 제이 퍼킨스가 안마 기구를 향해 달려가는 조지프를 대놓고 방해했을 때를 제외하면.

조지프가 몸을 튼 덕분에 제이 퍼킨스와 부딪치지는 않았지만 조지프는 출발선으로 돌아가 다시 달려야 했다.

제이 퍼킨스가 조지프에게 뭐라고 했는지는 듣지 못했다. 닉 포터와 브라이언 보스가 옆에서 재미있다는 듯 깔깔거리며 비

웃기까지 했지만 조지프는 아무 대꾸도 하지 않았다.

종종 스와이텍 선생님도 이 세 사람을 지켜봤다. 선생님은 그 애들이 조지프와 같은 기구에 올라가지 않게 주의를 줬다. 그리고 수업이 끝나면 다른 학생들이 옷을 갈아입는 동안 그 셋은 체육관에 남아 매트를 제자리에 정리하도록 시켰다.

나중에 내가 사물함 앞을 지날 때 제이 퍼킨스와 스친 적이 있는데, 그 애는 내가 누구인지 잘 안다는 듯한 눈빛으로 나를 쳐다봤다. 제이 퍼킨스는 대놓고 티를 낼 순 없었다. 나는 고작 6학년생이었고 그 애는 8학년생이었으니까. 하지만 어쨌건 다 알고 있었다.

제이 퍼킨스가 나를 뚫어져라 쳐다봤다.

나는 내 갈 길을 갔다.

5교시 방과 후 면담 시간, 캔턴 선생님은 우리 둘에게 교감실 바깥 의자에 앉아서 대기하라고 했다. 대단히 중요한 말씀이 담긴 서류를 배달해야 했기 때문이었다. 하지만 심부름할 서류가 더는 남아 있지 않았다. 게다가 우리는 출석부 정리도 다 끝낸 상태였다.

그래서 캔턴 선생님이 교감실을 요란하게 들락날락하느라 바쁜 사이 의자에 앉아 있는 것 말고는 딱히 할 게 없었다. 그렇게 상담 시간 내내 거의 아무것도 하지 않고 보내는데, 조지프가 가방에서 『아무것도 아닌 옥타비안』을 꺼냈다.

조지프가 그걸 읽고 있는데 할로웨이 선생님이 다가왔다. 선생님은 『아무것도 아닌 옥타비안』을 든 조지프를 쳐다보았다.

그때 캔턴 선생님이 나왔다. 선생님은 조지프에게 책을 치우라고 했다. 조지프는 책을 읽거나 놀려고 여기에 앉아 있는 게 아니었으니까.

여기서 해야 할 일은 따로 있었다. 어쩌면 잽싸게 다녀와야 할 중요한 심부름이 드디어 생겼는지도 모를 일이었다.

"그러죠, 뭐."

조지프가 말했다.

"그러죠, 뭐?"

캔턴 선생님이 말했다.

조지프가 『아무것도 아닌 옥타비안』을 가방에 도로 넣었다. 할로웨이 선생님이 보고 있었다.

"책임을 진다는 것은 말이다, 자기 할 일을 착실하게 기다려야 한다는 거다. 누가 지켜보거나 하라고 시키지 않아도 말이다. 얘들아, 알아듣겠니?"

캔턴 선생님이 말했다.

내가 고개를 끄덕였다. 그게 내가 할 일이었으니. 조지프도 고개를 끄덕여야 했다. 하지만 조지프는 그러지 않았다.

"브룩 학생, 알아듣겠나?"

조지프가 일어났다.

"이제 수업 가야 해요."

조지프가 말했다.

캔턴 선생님이 조지프에게 손을 뻗었다. 그러자 조지프가 가방을 떨어뜨렸고 바로 벽에 등을 붙이고는 두 손을 올렸다. 조지프의 숨소리가……

"조지프에게 손대지 마세요."

내가 소곤댔다.

"제발, 제발 조지프에게 손대지 마세요."

캔턴 선생님이 나를 보더니 조지프에게 시선을 돌렸다.

"둘 다 이제 교실로 가라."

선생님이 말했다.

내가 가방을 주워 조지프에게 건넸다. 조지프의 두 눈은 캔턴 선생님에게 고정돼 있었지만 그래도 가방을 받아들고 나를 따라 교감실을 나왔다.

반걸음쯤 뒤에서 조지프의 숨소리가 들렸다.

"조지프."

우리 둘 다 뒤를 돌았다. 할로웨이 선생님이었다.

"조지프, 우리 시작은 좋지 않았지만 다시 해 보면 안 될까?"

조지프가 선생님을 쳐다보았다.

"『아무것도 아닌 옥타비안』을 읽은 네 감상이 듣고 싶은데."

선생님의 말에 조지프가 제 가방을 어깨에 올려 멨다. 그러더니 나를 보았다.

"이따 보자."

그렇게 말하고 조지프는 할로웨이 선생님의 교실로 가 버렸다.

그날 수업이 모두 끝날 때까지 나는 조지프를 보지 못했다. 버스 뒷자리에서 조지프를 찾았을 때는 차 안의 훈기가 대단했고 차창에 전부 김이 서려 있었다.

조지프는 『아무것도 아닌 옥타비안』을 받쳐 들고 계속 읽다가 옛 회중 교회를 지날 때만 잠시 멈췄다.

조지프가 차창의 김을 문질러 닦더니 교회 위로, 처마 끝으로 하얗게 쌓인 눈을 바라보았다. 그러고는 몸을 돌려 차창 밖의 그 모습을 계속 쫓았다.

"왜?"

내가 물었다. 조지프가 나를 보았다.

"그랬으면 어땠을까 잠깐 생각해 봤어."

조지프가 말했다. 나는 우리가 지난 교회 쪽을 쳐다보았다.

"뭐가?"

"아무것도 아냐."

조지프가 말했다. 그러고는 다시 책 속으로 돌아갔다. 『아무 것도 아닌 옥타비안』 속으로.

그날 오후 우리가 젖을 짜러 나왔을 때까지 눈이 내렸고 바람도 심하게 불었다. 그래서 조지프가 로지의 엉덩이를 한참이나 쓰다듬어 진정시켰다. 이젠 로지가 이 시간을 기다리는 것 같기도 했다.

로지가 조지프에게 사랑을 담아 음매, 하고 울고 나면 조지프가 젖을 짜기 위해 몸을 숙인다. 그럼 나는 달리아를 담당했다. 대체로 조지프는 두 눈을 감고 로지에게 옆얼굴을 기댄 채 젖을 짰다. 로지가 꼭 베개인 것처럼.

하지만 오늘 조지프는 나를 보고 있다.

"그래서, 나한테 언제 말할 거야?"

조지프가 말했다.

"뭘 말해?"

"뭐든, 지금 네가 걱정하고 있는 거."

"걱정 안 하는데?"

"그래서 달리아가 계속 뒷발을 차는 건가? 네가 아무 걱정도 없어서?"

"달리아는 뒷발 찬 적 없는데?"

바로 그때 달리아가 뒷발을 찼다. 두 번이나.

"달리아 기분이 별로라서 그래."

내가 말했다. 조지프는 아무 말도 하지 않았다.

"조지프, 닉 포터 알아?"

"누군지는 알아."

"브라이언 보스도?"

조지프가 고개를 끄덕였다.

"제이 퍼킨스는?"

다시 끄덕끄덕.

"걔들이랑 가까이 지내지 마."

"왜? 넌 닉 포터랑 단란해 보이던데?"

"됐어. 그냥 걔들이랑 가까이하지 마."

"일부러 그럴 건 또 뭔데?"

달리아가 다시 뒷발을 찼다. 이번에도 두 번이나.

"재키, 잘 들어. 걱정하지 말고. 나 전에 걔들 만난 적 있어."

"아냐, 만난 적 없잖아."

"아냐, 만난 적 있어."

"어디서?"

"스톤마운틴."

나는 조지프의 표정을 살폈다.

"걔들은 스톤마운틴에 간 적도 없어."

"너도 가 본 적 없잖아. 잘 들어. 그런 애들 중 먼저 한 방 먹일 놈 하나를 잡아서 코뼈라도 부러뜨려 놓으면, 나머지 애들은 전부 겁을 집어먹게 돼. 피도 보고, 자기들이 생각한 것보다 훨씬 일이 커지면 알아서 물러나거든."

"만약에 안 물러나면?"

"그럼 가드 올리라고 해야지. 이 말이 듣고 싶은 거야?"

내가 고개를 끄덕였다.

"아니잖아."

조지프가 말했다. 조지프는 나를 기다려 주었다. 꽤 한참이나.

"네가 여기 와서 좋아."

나는 겨우 입을 뗐다.

조지프가 젖 짜던 걸 멈췄다. 그리고 1분쯤 지나서야 다시 젖을 짜기 시작했다. 이후로 외양간 안에서 들리는 거라고는 젖에서 우유를 뿜어내는 소리가 다였다.

눈은 그쳤지만 이후 며칠간 기온이 뚝 떨어졌고, 영하 18도 날씨에 잠에서 깨야 하는 건 절망적이었다. 낮에는 공기 중에 흩날리는 얼음이 반짝였다. 밤에는 별이 날카롭게 빛났다. 해 뜰 무렵이면 햇빛이 뿌연 저 너머에서 쏟아졌다. 해가 지면 눈 깜짝할 사이에 어둠이 내렸다.

그냥 하는 말이 아니다. 1분 전까지만 해도 밝은 대낮이었다가 등만 돌리면 온통 어두워지는 게 꼭 술래잡기 하는 것 같았다.

이런 날씨는 심지어 조지프도 추워했다. 엄마가 건넨 내복을 보고 처음에는 그런 건 안 입겠다고 했던 조지프마저도 집에 오자마자 내복을 껴입었다.

바깥의 큰외양간 소들은 묶어 놓은 자리에서 최대한 서로 붙어 체온을 유지했고, 작은외양간에는 조지프와 내가 퀸투스 세르토리우스에게 무거운 털 담요를 덮어 주었다.

처음에는 녀석이 이성을 잃고 울부짖으며 고개를 흔들었다. 달리아가 뒷발을 구르는 것과는 다른 표현이다. 퀸투스 세르토리우스가 발을 구르면 외양간 전체가 흔들리는데 그건 녀석이 행복하다는 표시였다.

그 모습을 보고 조지프가 웃었다. 뭐, 그 비슷한 거였다. 네 번째였다.

날씨가 추워진 이후 금요일에 아빠와 나는 젖을 다 짰고 조지프는 상담을 받으러 갔다.

"잭, 가서 눈삽 두 개 가져와."

아빠가 말했다. 그리고 우리는 호수로 가서 얼음판 위에 쌓인 눈을 치웠다. 가루 같은 눈은 정말 차가웠고 바람이라도 불라치면 먼지처럼 흩날릴 것 같았다. 호수는 크지 않았고 다 치우는 데 오래 걸리지도 않았다.

우리가 삽질을 마치자 드러난 얼음판은 평평하고 매끄러웠으며 밝은 녹색과 흰색이 감돌았다. 하얗게 눈이 쌓이기 전, 호수 경계의 깨끗한 얼음 위로 엎드리면 조약돌은 물론 물속의 나뭇가지와 모래까지 보였다.

"얼음 두께가 20센티미터는 족히 되겠는걸. 옛날 같았으면 얼음이 녹기 전에 얼른 잘라다 냉장고 대신 썼을 텐데."

아빠가 말했다. 그러고는 호숫가에 쌓인 눈을 삽으로 마저 치웠다. 나는 큰외양간으로 가서 장작 세 더미를 가져왔다. 우리는 불부터 피워 놓고 스케이트 신발을 찾으러 집에 들어갔다.

우리가 신발을 갖고 나오자 때맞춰 조지프를 태운 차가 집 앞에 도착했다.

"또 무슨 꿍꿍이야?"

차에서 내린 엄마가 물었다.

"와서 보면 알지."

아빠가 말했다.

"조지프, 너도 같이 와."

아빠가 조지프에게 스케이트 신발 한 켤레를 내밀었다.

낮이 이미 빛을 거두며 넌지시 저물기 시작했고, 모닥불 불빛이 매끄러운 얼음판 위로 어른어른 비췄다.

엄마는 저녁 식사를 준비하려고 조금 야단을 피웠다. 그러더니 애들에겐 숙제도 중요하다는 잔소리가 2절까지 이어졌고, 그런 다음엔······.

그때 아빠가 엄마를 다독이자 엄마도 웃었고 그제야 우리는 나무판에 걸터앉아 스케이트 신발 끈을 묶을 수 있었다.

벌써 달이 보였다.

올겨울 들어 처음 타는 스케이트였지만 감각은 금세 돌아왔다. 처음 한 발을 밀 때 스케이트 신발이 얼음을 갈며 미끄러지는 느낌이 들었다. 무릎이 알아서 움직였고, 방향을 꺾으며 몸을 기울이는 각도도 알아서 맞춰졌다.

큰 호수라 할 수도 없었지만, 경쾌하게 움직이다 보면 갑자기 발뒤꿈치가 알아서 움직이며 얼음판과 진동을 맞추었다. 발끝에는 열기가 몰리고, 눈은 시렸으며 입도 얼었다. 달빛이 반짝이자 얼음판 위 모닥불도 반짝였다.

엄마와 아빠는 손을 맞잡고 나란히 스케이트를 탔는데, 성가신 올빼미의 첫 울음과 기차의 경적이 아득히 들려왔다.

이 모든 일이 동시에 벌어진다.

처음에 조지프의 다리는 뻣뻣했고, 두 손을 앞으로 뻗어 균형을 잡으려 했다. 하지만 곧 처음 타는 게 아니라는 것쯤은 알 수 있었다. 조지프가 방향을 꺾으며 몸을 숙이는 동작은 날카롭게 식식거리는 스케이트 날 소리를 즐기는 것처럼 보였다.

한번은 뒤로 돌려다가 엉덩방아를 찧었다. 두 번째 시도도 마찬가지였다. 그리고 세 번째도. 그렇게 조지프는 스케이트를 타고 또 탔다. 엄마, 아빠가 장작더미 근처에 앉아 모닥불에 장작을 더 넣을 때까지 타고 또 탔다. 심지어 나조차 얼음판에서 나와서 손을 녹일 때까지도.

조지프의 양손은 옆구리에 얹혀 있었고, 그렇게 타고 또 탔다. 이제 조지프는 눈을 감고 있었다. 그렇게 타고 또 탔다. 우리는 조지프가 몸을 숙였다가 스케이트 신은 발을 밀고, 또 몸을 숙였다가 다시 발을 미는 모습을 지켜보았다.

타고 또 타는 동안, 나는 '조지프가 은백의 달빛 아래 매디와 함께 스케이트를 탔던 걸까?' 하고 생각했다. 타고 또 타는 동안, 나는 날씨가 얼마나 추워지든, 혹은 밤이 얼마나 더 깊어지든 조지프를 멈추게 하고 싶지 않았다. 타고 또 타는 동안, 별들이 또렷하게 보였다. 또 낮은 달이. 그리고 산봉우리 너머로 목성이 보였다.

조지프가 호숫가에 앉은 우리 셋 근처로 미끄러져 오고 모닥불이 어른거리며 조지프의 달뜬 얼굴이 보이자 엄마는 으레 엄마들이 할 법한 말을 했다.

"조지프, 스케이트 타는 솜씨가 정말 멋지던데?"

아빠가 일어나 타오르는 나뭇가지를 발로 한데 모으고 나뭇가지를 쪼개 좀 더 넣었다. 조지프가 나를 한 번 보고 엄마, 아빠에게 시선을 돌리더니 말했다.

"주피터를 만나야 해요. 도와주실래요?"

엄마, 아빠가 조지프를 쳐다보았다. 그러고는 엄마가 일어서서 말했다.

"조지프, 너……."

다시 조지프가 덧붙였다.

"그 애를 봐야 해요."

이번엔 아빠가 말했다.

"그게, 우리가……."

그렇게 또렷한 별빛과 은백의 달빛, 일렁이는 목성, 그 아래에서 조지프는 우리에게 다 이야기해 주었다.

전부 다.

제4장

조지프가 해 준 이야기는 이랬다.

매들린 조이스는 열세 살 때 조지프를 처음 만났다. 매들린이 사는 집은 앞으로 기둥이 여럿 서 있고, 양옆으로는 날개처럼 별채가 하나씩 딸려 있었다. 또 잔디밭에는 곳곳에 동상이 세워져 있었다.

매들린의 아빠와 엄마는 둘 다 변호사였는데, 그래서 사립학교에 가 있는 시간을 제외하면 메들린은 그 커다란 집 안에서 많은 시간을 혼자 보내곤 했다. 때로는 북쪽 손님방에서 지내는 유모와 함께 있기도 했고, 때로는 오롯이 혼자만 있기도 했다.

그날은 유모가 있었다. 더운 여름날 아침, 수리기사가 위층 욕실의 샤워기 헤드와 수도꼭지를 전부 교체하러 온 날이었다. 위층에는 총 다섯 개의 욕실이 있었다.

수리기사는 공구를 옮겨 줄 조수로 자기 아들을 데려왔다. 그 애의 이름은 조지프였다. 조지프도 열세 살이었다.

이틀 뒤 조지프가 매들린의 집 문을 두드렸다. 조지프는 그곳까지 11킬로미터를 걸어왔다. 둘은 그날 함께 시간을 보냈다. 영화 몇 편을 봤다. 테니스코트에서 매들린은 조지프에게 테니스 공 치는 법을 알려 주었다.

둘은 이리저리 넓은 뒤뜰로 이어지는 길을 걸었다. 그리고 조지프가 돌아가기 직전, 옷 입은 채로 수영장에 뛰어들었다. 그러면 집으로 돌아가는 길이 시원해진다고 조지프가 설명했다. 매들린은 웃었다.

그해 여름 조지프는 매일 왔다. 매들린의 부모님이 집에 계시는 주말은 빼고. 둘은 영화를 보고 테니스코트에서 테니스를 쳤으며 넓은 뒤뜰로 이어지는 길을 이리저리 걷다가 수영장에서 수영을 했다. 매들린이 웃었고 이따금 조지프도 따라 웃었다.

매들린은 조지프의 얼굴이 어째서 그렇게 상처투성이인지 묻지 않았다. 조지프도 더는 공구 옮기는 일을 돕지 않겠다고 하자 아빠가 제게 한 짓을 매들린에게 구태여 말하지 않았다.

그해 가을 매들린은 앤도버에 있는 학교로 가 버렸다. 조지프는 죽을 만큼 힘들었다.

조지프는 매일 오후 컴퓨터로 매들린에게 편지를 쓰기 위해 도서관에 갔다. 글 솜씨는 형편없었지만 손 놓고 있는 것보단 나았다. 그러니까 아주 살짝 나은 수준이었다.

매들린이 추수감사절을 보내기 위해 집에 왔다는 소식에, 조지프는 폭풍을 뚫고 11킬로미터를 걸어 매들린을 만나러 왔다. 추수감사절 다음 날인 금요일에도 쌀쌀한 날이 이어졌다.

유모가 문을 열고 나왔다.

"너, 수리기사 아들 아니냐?"

유모가 말했다. 조지프가 그렇다고 답했다.

"매들린 집에 있나요?"

유모가 조지프를 물끄러미 보았다.

"괜히 큰일 생기기 전에 네 몸부터 사리렴."

유모가 그렇게 말하고는 문을 닫았다.

조지프는 걸어서 집으로 돌아갔다. 11킬로미터 길을.

일요일에 매들린은 앤도버에 있는 학교로 돌아갔다.

매들린이 다시 집으로 돌아온 것은 크리스마스를 기점으로 시작되는 겨울 방학 때였다.

첫 월요일에 조지프는 11킬로미터를 걸었다. 춥고 눈까지 내리는 날씨였고 조지프의 외투는 너무 작았다. 그럼에도 11킬로미터를 걸어와 매들린의 집 문을 두드렸다.

이번에는 매들린이 나와 두 손을 뻗으며 맞아 주었다. 매들린은 조지프를 안으로 들였다. 그러고는 부엌에서 매들린은 핫초코를, 조지프는 커피를 마셨다. 둘은 난롯가에 앉아 얘기하고, 얘기하고, 또 얘기했다.

둘이 밖으로 나왔을 때 조지프는 정원사의 외투를 걸쳤다. 그러고는 고요하게 눈 내리는 뒤뜰을 함께 걸었다. 서로 손을 맞잡고.

매들린이 눈 뭉치를 조지프에게 던지면 이따금 명중했다. 조지프도 눈 뭉치를 던졌지만 결코 매들린을 맞추지는 않았다. 단한 번도. 조지프는 눈 뭉치로 매들린을 맞추는 상상조차 하지 못했다.

조지프는 매들린을 사랑했으니까.

조지프는 매들린을 사랑했다.

조지프는 전까지 누군가를 사랑해 본 적이 없었다.

조지프는 사랑이 제 안을 채우는 기분을 느껴 본 적이 없었다.

조지프는 자신이 아무것도 몰랐다고 생각했다.

뒤뜰에서 둘은 얼어붙은 강을 따라 걸었고 매들린이 스케이트를 타는 흉내를 냈다. 매들린은 아름답다는 말을 넘어설 정도로, 아름다웠다.

매들린은 스케이트 신발을 신고 있을 때도 아름다웠다. 해가 저무는데도 매들린은 스케이트를 타고, 타고, 또 탔고, 조지프는 그 모습을 지켜보았다. 하늘이 캄캄해지고 목성이 떠올라 보일 때까지.

조지프가 하늘의 목성을 가리켰다.

"내가 가장 좋아하는 별이야."

조지프가 말했다. 그러자 매들린이 조지프의 팔을 붙잡고 목성을 쳐다보더니 말했다.

"나도야. 그러니까, 이제부터."

두 사람이 눈 내리는 숲에서 돌아왔을 때, 진입로에 유모의 차가 세워져 있었다. 매들린은 조지프가 입고 있던 외투를 그냥 가져가라고 했다. 조지프는 걸어서 집으로 갔다. 다시 11킬로미터를.

매들린의 겨울 방학은 3주였다. 조지프는 주말을 빼고 매들린의 집에 매일 왔다. 주말이면 조지프는 집에서 제 안의 모든 감정이 터져 나올 때까지 매들린을 생각했다.

조지프는 아무것도 몰랐다. 어떻게 알 수 있었겠는가.

매들린이 앤도버로 돌아가기 하루 전, 조지프가 거의 진눈깨비에 가까운 빗속을 뚫고 11킬로미터를 걸어 매들린의 집에 왔다. 정원사의 외투는 조지프를 전혀 데워 주지 못했다.

매들린이 문을 열 때 조지프는 푹 젖어 떨고 있었다. 매들린이 조지프를 난롯가로 데려가 빨간 털 담요를 찾아 주었고, 조지프는 이런 날씨라면 죽을 수도 있겠다고 생각했다. 조지프는 젖은 옷을 전부 벗고 빨간 털 담요로 몸을 감싼 채 난롯가에 가까이 앉았다.

그동안 매들린이 핫초코와 커피를 탔다. 매들린이 머그잔을 가져오고 둘은 함께 앉았다. 매들린은 조지프에게 엄마를 기억하느냐고 물었고, 조지프는 눈보라가 지나간 후 막 쌓인 눈에 펄펄 끓는 메이플 시럽을 부어 엄마와 함께 먹은 일이 기억난다고 답했다.

그날 오후 조지프의 옷이 마르길 기다리며 둘은 메이플 시럽을 끓였고 조지프는 정원사의 부츠를 신은 채 냄비를 들고 밖으로 나갔다. 둘은 시럽을 떠서 막 쌓인 눈가루 위에 부었다. 그게 어느 정도 다시 얼어붙자 조지프가 눈 조각을 집어 매들린에게 먹여 주었고, 매들린도 집어 조지프에게 먹여 주었다.

매들린이 조지프의 입가에 끈적한 시럽을 묻혀 놓고 웃었다. 그러더니 몸을 앞으로 숙이며 처음으로 조지프에게 입을 맞추었다.

처음으로.

그러고는 둘은 다시 안으로, 빨간 털 담요 속으로 들어갔다.

유모가 나중에 둘을 발견했고, 일찍이 유모가 예견한 큰일이 일어났다. 유모는 자신에게 책임이 없으며 이 문제로 자신이 일자리를 잃을 일은 없다고 말했다.

"안 됩니다. 그럴 수 없어요."

하지만 그렇게 되고 말았다.

매들린의 부모님은 조지프에게 접근 금지 명령을 내렸다. 경찰이 이 사실을 전했다. 이제 조지프는 매들린과 일절 연락해선 안 되었다. 이를 위반했다가는 법에 따라 최악의 경우 고소당할 수도 있었다. 최악의 경우라면 말이다.

얼마 후 보건복지부 메인 주에서 전한 소식은 이런 내용이었다. 조지프와 조지프의 아빠가 매달 면담을 통해 평가를 받게 될 거라는 거였다. 그리고 매들린은 앤도버의 학교에서 펜실베이니아 서부에 있는 학교로 전학을 갔다.

조지프는 이 중 어느 소식도 알지 못했다.

석 달 후 조지프가 학교에 가 있는 동안 보건복지부 사람이 조지프의 아빠를 찾아왔다.

스트라우드 선생님이 조지프 아빠에게 매들린 조이스가 임신했다는 사실을 알려 주었다. 매들린은 겨우 열세 살이었다. 이 소식과 스트라우드 선생님의 소견에 따라 보건복지부는 조지프를 남학생만을 위한 소년교정시설로 보내기로 했다.

조지프 아빠는 자기 아들이 범죄 혐의에 연루될지도 모른다는 사실을 예상했던 것 같다.

"이게 처음이 아닐 거요. 마지막은 더더욱 아니겠지."

조지프 아빠가 스트라우드 선생님에게 말했다.

스트라우드 선생님은 조지프가 학교를 마치고 집에 오길 기다렸다.

"야, 네가 웬 여자애를⋯⋯."

조지프 아빠가 말했다.

"조지프, 너와 매들린 얘기를 나누고 싶은데."

그러자 스트라우드 선생님이 조지프 아빠의 말을 잘랐다.

결국 조지프는 짐을 쌌다. 조지프는 거의 망연자실한 상태였고 곧 아빠가 될 거였다.

아빠라니! 열세 살에! 아빠가 된다니. 조지프가 아빠가 된다!

그리고 조지프는 매들린과 함께해야 한다는 것을 알았다. 두 사람 사이에서 태어날 아이는, 조지프의 아빠에게서 떨어뜨려 놓아야 했고, 그 말은 둘이 메인 주를 떠나야 할지도 모른다는 뜻이었다.

어쩌면 매들린의 부모님이 두 사람을 도와줄지도 몰랐다.

조지프는 스트라우드 선생님의 차 안에서 이 문제를 상의했다. 당장 자신이 매들린을 만날 수 있는지, 매들린의 부모님이 두 사람을 도와줄는지도.

스트라우드 선생님은 한참이나 한마디도 하지 않았다. 마침내 선생님이 조지프에게 진실을 털어놓았다.

매들린의 부모님은 두 사람을 돕지 않을 것이다. 그리고 조지프는 매들린을 만날 수 없다. 매들린은 펜실베이니아 서부에 있는 학교를 두 달 더 다녀야 하고, 이후 뉴잉글랜드로 돌아오겠지만, 매들린이 어디서 살지는 조지프가 상관할 수 없는 문제라고. 조지프는 매들린을 잊어야 한다. 조지프는 고작 열세 살이었다.

자기가 아빠가 될 거라고, 조지프가 말했다.

너는 고작 열세 살이라고, 선생님이 다시금 말했다.

선생님이 조지프를 남학생만 있는 쉼터로 데려갔다. 조지프는 거기서 하룻밤을 지내다 탈출했다. 매들린 엄마가 경찰에 신고했을 때 조지프는 그 집 앞에 있었다.

조지프가 매들린의 부모님과 얘기만 하겠다고 했지만 경찰은 신경도 쓰지 않았다. 조지프는 그저 매들린의 부모님에게 자신이 어떤 사람인지, 자신이 진짜로 어떤 사람인지 알아주길 바랐고, 그래서 매들린의 부모님이 매들린과 만나게 해 주길 바랐다.

조지프가 그들에게 바란 것은, 조지프가 그들이 알아주길 바란 것은 자신이 매들린을 사랑한다는 사실이었다. 그런 다음에, 혹여 매들린 부모님이 아기 일을 도와주지 않으려고 한대도 괜찮았다. 둘이서 알아서 해 나가길 그들이 알아주기라도 했으면 싶었다.

조지프가 해결할 것이다. 조지프는 무슨 일이든 해결할 거였다.

조지프는 매들린을 사랑했다.

"너, 몇 살이냐?"

경찰이 물었다. 조지프가 경찰에게 나이를 알려 주었다.

"너도 그냥 애잖아?"

경찰이 말했다.

경찰은 조지프를 다시 쉼터로 데려갔다. 조지프는 거기서 다시 탈출했다. 경찰이 조지프를 찾은 곳은 펜실베이니아 턴파이크 고속도로였다. 서쪽 차선을 달리던 차를 얻어 타려고 히치하이크를 시도 중이었다.

경찰은 조지프를 레이크 애덤스 소년원으로 데려갔다. 주변에 담장이 둘러쳐진 곳이었다. 무척이나 높은 담장이었다. 모든 출구가 언제나 잠겨 있었다. 밤이면 조지프의 방문까지 잠겼다. 잠금장치는 밖에 있었다.

10월에 스트라우드 선생님이 서류 하나를 가지고 왔다.

"이게 다 뭐죠?"

조지프가 물었다.

"너는 미성년자야."

스트라우드 선생님이 말했다.

"아직은 네 아버지가 네 법적 보호자다. 하지만 이 일은 네게 중요하다고 판단했어. 아빠 자격으로 이 서류에 서명해. 조지프, 여기에는 양육권도 포함돼 있어서 네가 여기에 서명하면 주 정부 산하에서 우리가 네 아기에게 가능한 한 최고로 좋은 미래를 안겨 줄 거야. 그리고 터놓고 말하자면, 네 아빠가 협조하지 않고 있어서 네 도움이 필요해."

그때가 처음으로 조지프가 '아빠'라고 불린 때였다.

조지프는 서류를 살펴보았다. 아기는 여자아이였다. 이름은 '주피터 조이스'였다. 조지프의 눈에 눈물이 고였다.

스트라우드 선생님이 조지프에게 사진을 한 장 건넸다.

"이런 거 주면 진짜 안 되는데……."

아기는 아름다웠다. 아름답다는 말을 넘어설 정도로, 아름다웠다.

머리 위로 올린 아기의 손은 완벽했다. 아기는 완벽한 손가락을 가졌고, 완벽한 손톱을 가졌으며, 하품하느라 크게 벌어진

작은 입과 반짝 뜨인 두 눈을 가졌다. 그 눈으로 조지프를 응시하고 있었다. 아주 똑바로.

아기는 연녹색 담요와 연녹색 모자에 따뜻하게 감싸여 있었고 빛처럼 일렁였다. 어두운 하늘을 가장 밝게 밝히는 별처럼.

"조지프."

스트라우드 선생님이 말했다.

"이 서류에 서명해야 해."

"싫어요."

조지프가 말했다.

"조지프, 주피터는 입양을 기다려야 해. 그 애가 사랑과 보살핌을 받을 좋은 가정으로 가게 하겠다고 내가 약속할게."

"전 그 애를 사랑해요. 제가 돌볼 거예요."

조지프가 사진을 제 주머니에 넣었다.

"조지프, 넌 열네 살이야. 어떻게 아기를 돌본다는 거야? 주피터에게 최선이 뭔지를 안다면……."

"주피터에게 최선은 우리예요."

조지프가 말했다.

"매디와 저요."

스트라우드 선생님이 조지프의 뺨에 손을 얹었다. 조지프는 움직이지 않았다.

"조지프, 이 얘기까진 하고 싶지 않았다. 네가 감당하기에 너무 힘든 일일 테니까. 그래, 너무 힘든 일이지. 이 서류에 서명해야 해. 그러지 않으면 매들린의 부모님이 너를 고소할 거야."

조지프가 선생님을 보았다.

"조지프, 상황이 좀 복잡해. 매들린이……."

"그만하세요."

조지프가 황급히 말을 막았다.

"그만하세요. 그만하세요. 그만하세요. 그만……."

"조지프, 제발."

그렇게 조지프는 처음으로 자신이 매들린을 다시는 보지 못할 거라는 얘기를 들었다. 다신 만지지도 못할 거고, 다신 이야기를 나누지도 못할 거고, 다신 함께 뒤뜰을 거닐지도 못할 거라는 얘기를.

그렇게 조지프는 처음으로 매들린이, 자신이 사랑한 사람이 영영 떠났다는 얘기를 들었다.

"매들린도 이걸 바랄 거야."

스트라우드 선생님이 말했다.

조지프는 서류에 휙, 빠르게 서명을 끝낸 후 자기 방으로 뛰어 들어갔다.

조지프는 남자 화장실에 들어왔다. 무엇이 자신에게 밀려오고 있는지 조지프도 알지 못했지만, 그것이 거대하고 끔찍하고 강렬하다는 건 알았다. 조지프의 안팎에서 이미 절규가 시작되었고 그게 점점 더 소리를 키우면서 머릿속을 시끄럽게 했다. 머릿속이 시끄러워져서 얼굴에 물을 끼얹어 보았지만 멈춰지지 않았고, 멈출 수 없었다.

매니 툴이 들어와서는 조지프에게 뭔가 나쁜 게 필요할 거라고 말했다. 원한다면 자기가 줄 수 있다고 하더니 손에 뭘 쥐어 주었다. 그건 노란색 약 두 알이었다.

조지프가 그걸 입 안에 털어 넣고 삼킨 뒤 물을 틀어 머금자 온 세상이 폭발했다. 조지프는 휘청거리며 칸막이 중 하나로 들어가 모든 걸 부셔 놓았다. 선생님 중 한 사람이 조지프를 발견할 때까지.

이후 조지프의 양손이 선생님을 뒤에서 결박했고 거기 사람들은 조지프가 그 선생님을 죽이려 했다고 말했다.

그렇게 조지프는 스톤마운틴으로 갔다.

조지프는 거기서 하룻밤을 지낸 후 탈출을 시도했다.

담장 위에서 조지프의 한 발이 철조망에 걸렸다. 발을 빼내면서 철조망이 조지프의 발등을 할퀴었고 떨어지면서 옷 밖으로 드러난 옆구리를 파고들었다. 조지프는 오른쪽 팔 밑단에서 시작해 거의 무릎 높이까지 베었다.

담당 의사가 아이 몸에 이렇게 봉합 자국이 많은 것은 처음이라고 했다.

스트라우드 선생님이 조지프를 찾아와 매들린은 이미 세상을 떠났는데 대체 어디로 가려고 했는지 물었다.

조지프는 아무 말도 하지 않았다.

스트라우드 선생님이 아무 얘기도 하지 않으면 자기가 도울 수 있는 게 없다고 말했다. 그러자 조지프가 선생님을 보며 말했다.

"제가 어디로 가려고 했을 것 같아요?"

"조지프, 열네 살짜리는 아빠가 될 수 없어."

스트라우드 선생님이 말했다.

"내가 아빠예요."

조지프가 말했다.

"아냐. 너는 이미 서명을……."

스트라우드 선생님이 말했다.

"내가 주피터 아빠라고요."

조지프가 선생님의 말을 잘랐다.

"내가 영원히 주피터의 아빠가 되어 줄 거예요."

그 이후로 조지프는 스트라우드 선생님과 이야기하려 하지 않았다. 조지프는 누구와도 말하려 하지 않았다.

조지프는 스톤마운틴에서 한 달간 살았다. 조지프는 거기서 누구와도 말하려 하지 않았다. 누군가에게 얻어맞았을 때조차도. 처음 맞았을 때도, 두 번째에도, 세 번째에도. 심지어 그곳 사람들이 조지프를 제압하려 했을 때도…….

조지프는 누구와도 말하려 하지 않았다.

얼마 후 스트라우드 선생님이 자신이 아는 한 최선의 위탁 보호자와 얘기를 나눠 볼 거라고 했다. 선생님은 어떤 것도 약속할 수 없었다.

이들은 유기농 농장에 살았는데, 12년이 다 되도록 어떤 남자아이도 맡아 본 적이 없었다.

조지프가 농장에서 사는 삶을 마음에 들어 할까? 이들에게 신식 기기는 별로 없었지만 대신 호수가 있었고, 밭이 있었고, 동물들이 있었다. 조지프는 이걸 어떻게 받아들일까?

일주일 후 조지프가 이스트햄으로 왔다. 조지프는 소젖을 짜기 시작했다.

그날 밤 달과 목성 아래서 조지프는 여기 와서 했던 말 전부보다 더 많은 이야기를 했다. 조지프가 드디어 자신의 이야기를 털어놓고 싶은 상대를 찾은 것 같았고, 일단 말문이 터지자 다 끝날 때까지 멈출 수가 없었다. 긴 시간이 걸렸다. 아빠와 엄마와 나는 내내 아무 말도 하지 않았다. 우리는 거의 움직이지도 않았고, 다만 아빠는 불가에 놔둔 장작을 도맡아 틈틈이 보충해야 했다.

그렇게 조지프의 이야기가 끝나자, 그 애는 큰외양간으로 갔고 우리는 로지가 음매, 우는 소리를 들을 수 있었다.

나는 조지프가 자기 모습을 우리에게 보이기 싫었던 게 아닐까 하고 생각했다. 하지만 로지에게 보이는 건 괜찮았다. 로지가 조지프에게 사랑한다고 표현하는 게 괜찮은 것처럼.

아빠가 모닥불을 꺼뜨렸다. 엄마가 나를 안았다.

내가 물었다.

"왜 조지프가 주피터를 보면 안 돼요?"

그러자 엄마와 아빠는 조지프가 겨우 열네 살이라는 사실을 이해해 보라고 했다. 조지프는 아빠가 될 수 없었다. 주피터를 본다고 해도 마음만 더 아플 거였다. 게다가 주피터가 당황할 수도 있었고, 어쩌면 겁을 먹을지도 모를 일이었다.

"엄마, 아빠가 틀렸으면 어떡해요?"

내가 물었다.

"주피터가 조지프를 찾고 싶어 하면 어떡해요?"

엄마가 나를 더 꼭 안았다. 아빠가 내 등에 손을 얹었다.

조지프는 그날 밤늦게 들어왔다. 잘 준비를 한 뒤 방 안이 몹시 추운데도 창가에 섰다. 벌써 조금씩 성에가 끼기 시작한 창밖을 내다보았고 달빛이 조지프 위로 흘러넘치며 드러난 밝은 색 흉터가 불규칙적으로 옆구리를 타고 내려갔다.

조지프는 자기 이마가 창문에 닿을 때까지 고개를 유리창 쪽으로 숙였다. 조지프는 거기서 미동도 없이 서 있었고 달빛이 그 위로 흘러넘쳐, 조지프가 꼭 그 속에 잠기는 것처럼 보였다. 하지만 조지프는 꿈쩍도 하지 않았다.

"조지프."

내가 겨우 말했다.

"추워 죽겠어."

조지프는 돌아보지 않았다.

"뭘 그렇게 봐?"

"목성이 안 보여."

조지프가 말했다.

"달이 너무 밝아. 그래서 목성이 어디 있는지 모르겠어."

"늘 있던 자리에 있잖아."

내가 말했다.

"아냐, 그렇지 않아."

조지프가 양팔을 감쌌다. 겨우 조지프가 몸을 돌렸을 때 달빛에 비치는 조지프의 입김이 보였다.

"그 애를 찾을 거야. 혼자가 되지 않을 거야."

조지프가 말했다.

"넌 혼자가 아냐. 혼자 아니라고."

내 말에 조지프가 고개를 저었다.

"난 혼자야."

조지프가 말했다.

"너한텐 내가 있잖아."

내가 말했다.

조지프가 웃었다. 하지만 즐거워서 웃는 웃음은 아니었다.

"재키, 내가 너보다 한평생은 더 살았거든?"

조지프가 말했다. 그 애는 창가를 벗어나 위층 침대로 올라왔다. 달빛이 끊임없이 어둠 속으로 넘쳐흘러 들어왔다.

"잭이라니까."

내가 말했다.

"그래."

조지프가 말했다.

"그리고 아냐, 너 혼자 아냐."

조지프가 침대 안으로 자리를 잡았다.

"그래."

조지프가 답했다.

나는 그날 밤 잠에서 몇 번이나 깼지만 조지프가 뒤척이는 소리나 가쁜 숨소리나 꿈속에서 뱉는 잠꼬대를 듣지 못했다. 만약 내 위로 조지프의 몸이 움푹 팬 자리가 안 보였다면, 나는 조지프가 떠났다고 생각했을 거다.

아래층 난롯가의 괘종시계가 15분마다 울렸고 그 소리를 몇 번이나 들었을까. 다시 잠에서 깨었을 때 조지프의 몸 자국이 사라졌다는 걸 알았다. 나는 벌떡 일어나 방 안을 살폈다.

조지프가 다시 창가에 서 있었다. 달이 져 있었다. 조지프는 추위와 어둠 속에서 목성을 찾고 있었다.

아침까지 눈이 내렸다.

많지는 않았지만 나뭇가지와 둥근 외양간 지붕, 장작더미 위로 쌓일 정도는 되었다. 만일 우리가 스케이트를 한 번 더 타고 싶다고 하면 호수의 얼음판 위에 쌓인 눈을 삽으로 치워야 할 수준이었다. 전부 다시.

스쿨버스가 조금 늦게 왔다. 해스컬 아저씨가 우리 앞에 멈춰 서기 위해 미끄러지며 막 내린 눈 위로 뒷바퀴 자국을 만들었다.

해스컬 아저씨는 버스에 올라타는 조지프의 표정이 마음에 들지 않았던 모양이다.

"이봐, 네가 더 잘 몰 수 있을 것 같으면, 어디 한번 해 봐."

아저씨가 몸을 뒤로 기대며 운전대를 가리켰다.

"자, 어디 한번 해 봐."

조지프가 아저씨를 지나쳐 뒤쪽으로 들어갔다.

"그럴 줄 알았어."

해스컬 아저씨는 그렇게 말하면서 레버를 당겨 차 문을 닫고 급히 속도를 올렸다. 버스가 날카롭게 흔들렸다.

조지프는 평지를 걷듯 통로를 걸어갔지만 나는 대니 네이션스를 덮쳤다.

"이 자리가 탐나서 그래?"

대니 네이션스가 물었다.

나는 대니 네이션스 뒤 어니 허퍼 근처로 미끄러졌다. 어니 허퍼는 세상에서 가장 중요한 일을 하고 있는 양 창밖을 내다보는 중이었다.

"어니, 눈이잖아. 하얀 눈송이. 매년 겨울이면 오는 거잖아. 처음 보는 것도 아니면서."

내가 말했다.

옛 회중 교회를 지날 때, 해스컬 아저씨가 좌회전하며 뒷바퀴

가 미끄러졌고 얼라이언스 다리가 보였다가 시야에서 사라졌다. 꼭 영화 속에서 카메라가 요란하게 움직이는 것처럼 말이다.

우리는 모두 꼭 붙들었다. 어니가 내게 고개를 돌렸는데 얼굴이 잔뜩 굳어 있었다.

"잭, 잘 들어."

"어니, 진정해. 아저씨가 강에 빠지게는 안 할 거야. 너 안 죽어."

"듣기나 해. 저기 있는 정신병자랑 같이 놀지 마. 알겠어?"

"그게 무슨 뜻이야?"

"그냥 쟤랑 놀지 말라고."

"왜?"

"그냥."

"어니……."

"말했잖아. 그냥이라고."

대니 네이션스가 의자 쪽으로 몸을 기대며 이어폰 한쪽을 비틀어 뺐다.

"뒤에서 웬 소란이야?"

"아무것도 아냐."

대니의 말에 어니가 대꾸했다.

"쫄바지가 너무 졸려서 그래?"

대니가 말했다.

"닥쳐."

어니가 말했다. 그러더니 다시 시선을 창문 밖으로 돌렸다.

제5장

나는 며칠 뒤 어니가 한 말의 뜻을 알게 되었다.

체육 시간이었다.

금요일에 스와이텍 선생님은 웬 웃기는 이름의 체육 과목 회의에 참석하느라 없었다. 대신 온 대체 교사는 체육 수업 운영을 다람쥐 쳇바퀴 정도로나 아는 수준이었다. 어니가 내게 수업이 끝나고 매트를 정리해야 한다고 해서 함께 매트를 정리하자 선생님이 외친 말을 듣고 상황을 눈치 챘다.

"얘들아, 시키지 않았는데도 알아서 정리해 줘서 고맙다."

나는 어니를 쳐다보았고 그런 다음 체육관을 둘러보았다. 몇몇 8학년생들이 아직 농구공을 튀기고 있었지만 조지프는 이미 사물함으로 가고 없었다.

닉 포터와 브라이언 보스와 제이 퍼킨스도 가고 없었다.

어니가 들고 있던 매트를 내 쪽으로 떨구며 말했다.

"잭, 가지 마."

하지만 나는 그 말을 듣지 않았다.

8학년 사물함 구역으로 통하는 길은 멍청한 8학년생들이 입구를 맴도는 소 떼처럼 막고 서 있었다. 나는 사물함 반대편 출구를 찾아 중앙 복도로 뛰어갔다.

누군가 사물함에 몸을 부딪히고 또 부딪혔고, 나는 조지프가 뭐라고 소리치고 또 누군가가 뭐라고 소리치는 걸 들었다. 그런 다음 복도 끝에 도착해 8학년 구역으로 들어갔다.

제이 퍼킨스가 바닥에 쓰러져서는 몸을 숙인 채 자기 코를 쥐고 있었고, 주변은 온통 코피로 범벅이었다. 제이 퍼킨스가 소리를 질렀지만 목소리가 맹맹해서 알아들을 수가 없었다.

제이 퍼킨스를 지나, 브라이언 보스와 닉 포터 둘이 조지프를 붙들고 사물함으로 내동댕이치고 또 쳐댔다.

나는 걔들이 보호구를 차고 있을 거라고 짐작했다.

걔들은 그렇다 쳐도, 멍청하고 지긋지긋한 다른 8학년생들도 서서 구경만 하고 있었다. 조지프가 맞고 또 맞는 것을 구경만 하고 있었다.

조지프는 상의가 거의 벗겨져 있었고, 사물함의 철제 손잡이가 조지프의 등을 찍고 있다는 걸 알 수 있었다. 피도 좀 묻었지만, 그건 제이 퍼킨스의 피일 가능성이 높았다.

조지프의 표정? 어땠을 것 같은가.

나를 발견하기 전이었다. 조지프는 아무 말도 할 수 없는 상태였다. 닉 포터가 갑자기 자기 손으로 조지프의 턱을 쥐고 조지프를 결박한 뒤 사물함 쪽으로 민 탓이었다.

하지만 그 꼴을 하고도 조지프는 나를 보고 고개를 저었다. 조지프는 내가 자리를 피하길 바랐다.

그때 제이 퍼킨스가 일어났다. 누군가 말했다.

"제이, 이만하면 됐어."

하지만 내가 보기에 제이 퍼킨스는 그 말을 귓등으로도 듣지 않았을 거다. 게다가 만일 들었다고 해도 이만하면 됐다고 생각하지도 않았을 거다.

제이 퍼킨스가 조지프 앞에 섰다. 제이 퍼킨스는 아직도 뭐라고 소리치고 있었지만, 동시에 으르렁대기도 했다. 제이 퍼킨스가 자기 팔을 뒤로 빼고 닉 포터가 조지프의 얼굴에서 손을 치우자 조지프가 두 눈을 꾹 감았다.

모든 것이 멈췄다.

멍청한 8학년생 떼거리들. 닉 포터와 브라이언 로스. 조지프.

주먹에 피 칠갑을 한 제이 퍼킨스까지.

모든 게 멈췄고, 나는 조지프가 꿈속에서 울부짖으며 뱉던 말들을 들은 것 같았다. 내가 알지도 못하는 단어들을.

그게 전부 나를 향한 말처럼 느껴졌다.

나는 사물함 끝에서 발을 더 뗐다. 빠르게 세 걸음을 움직여 제이 퍼킨스의 등을 향해 몸을 던졌다. 제이 퍼킨스의 얼굴이 사물함의 철망 부분에 갈렸고 자기 무릎 쪽으로 다시 고꾸라졌다.

그때 그 말이 제이 퍼킨스의 입에서 나왔다. 그건 주변 사람들에게 하는 말이 아니었다. 제이 퍼킨스의 새된 비명은 이스트햄 중학교 전체에 다 들릴 만큼 우렁찼다.

그리고 제이 퍼킨스가 그 말을 하는 동안 브라이언 보스가 나를 돌아보았고, 조지프가 자기 오른쪽 다리를 최대한 세게 차올렸다.

내 예상과 달리 브라이언 보스는 보호구를 전혀 차고 있지 않았다. 브라이언 보스는 제이 퍼킨스에 대고 먹은 것을 전부 게워냈다. 그러더니 새된 비명을 질렀다.

덕분에 자유로워진 오른팔로 조지프가 닉 포터의 얼굴에 주먹을 꽂았다.

한 번 더, 그리고 또, 다시 한 번 더.

조지프는 울부짖었다. 밤마다 그랬던 것처럼.

멍청한 8학년생들이 흩어지고 이 비명이 전부 어떻게 된 영문인지 알아보러 대체 교사가 뛰어왔을 때야 겨우 조지프가 주먹질을 멈췄다.

캔턴 선생님에게 불려 오는 게 그나마 나았다.

나는 캔턴 선생님 방에 앉아 있었다. 아직 체육복 차림이었다. 여기저기 피가 묻어 있었지만 내 피는 아니었다.

방 두 칸 건너에 조지프와 브라이언 보스와 닉 포터와 제이 퍼킨스가 투크먼 교장 선생님 방에 있었다. 짐작하겠지만 브라이언 보스의 토사물을 뒤집어쓴 탓에 제이 퍼킨스에게서 냄새가 진동했다.

반면 나는 캔턴 선생님 방에 있었다.

캔턴 선생님은 책상을 앞에 두고 서 있어서 신발을 질질 끌거나 하지 않다. 대신 팔짱을 끼고 있었다.

"6학년생 한 명이 8학년생 사물함 구역에서, 8학년생들 싸움에 끼어서 뭘 하고 있었는지 내게 말해 줄 테냐?"

"이기고 있었죠."

내가 말했다.

"잭슨, 잔머리 굴리지 마라. 네가 조지프와 어울려 다니면 어떻게 될지는 이미 우리끼리 얘기한 걸로 아는데."

"한 명한테 셋이서 달려들었어요. 3대 1이었다고요. 그럼 제가 어떻게 했어야 하나요?"

"우선은 선생님을 부르러 갔어야지."

내가 선생님을 쳐다보았다.

"선생님이라면, 얻어맞는 학생을 내버려 두고 선생님을 부르러 가실 건가요?"

캔턴 선생님이 나를 쳐다보고는 자리에 앉았다.

"잭슨, 내 말은 말이다."

"잭이에요."

캔턴 선생님이 고개를 끄덕였다.

"이건 네 싸움이 아니었다. 너 때문이 아니었어. 그런데 무슨 일이 일어났는지 봐라. 싸움을 벌인 일로 넌 정학을 당할지도 몰라. 순전히 네가 조지프 브룩과 어울려 다닌 탓이지. 말해 두는데, 난 그런 애들을 잘 안다. 그런 애한테는 문제가 누렁이처럼 졸졸 따라다니지."

"그 누렁이들한테 벌어진 일을 제 눈으로 봤다니까요?"

내가 말했다.

"3대 1이었다고요."

캔턴 선생님이 한숨을 쉬었다.

"그래, 맞아. 네가 옳은 일을 한 게 아니라는 말이 아니다. 옳고 그름을 따지자는 게 아니야. 중요한 것은 네가 조지프 주변 애들과는 다르다는 거다. 조지프 곁에 있으면 나쁜 물이 들 거야. 조지프 옆에서는 조심해야 해. 어쩌면 서로 거리를 좀 두는 것도 좋겠지."

"저는 그게 옳은 일이라고 믿었어요."

내가 말했다.

"그리고 아직 제 질문에 답하지 않으셨죠? 선생님이라면, 얻어맞는 학생을 내버려 두고 선생님을 부르러 가실 건가요?"

캔턴 선생님이 다시 한숨을 쉬었다.

"가서 씻어라."

선생님이 말했다.

"10분 뒤면 수업 시작종이 칠 거다."

내가 선생님이 말한 대로 하는 동안 캔턴 선생님이 우리 부모님에게 전화를 걸었다.

캔턴 선생님과 나눈 대화는 내가 엄마, 아빠와 한 얘기와 상당히 비슷했다.

나는 조지프가 휘말린 문제에 뛰어들지 말았어야 했다고 두 분은 말했다. 나는 내가 8학년이 아니라 6학년이며, 언제 어디서나 세상을 구하러 출동하는 영웅이 아님을 명심했어야 했고,

또 나는…….

"그럼 얻어맞는 학생을 내버려 두고 선생님을 부르러 가실 거예요?"

내가 물었다.

아빠가 한 손으로 마른세수를 하더니 씩 웃는 얼굴을 드러냈다. 그건 진짜 웃음이었다.

"앞으로 백만 년간은 절대 안 그럴 거다."

아빠가 말했다.

"여보!"

엄마가 외쳤다.

"아니, 애가 묻잖아."

아빠가 말했다.

"그냥 조심하라는 거야, 잭. 조심해."

엄마가 내 두 손을 잡고는 이어 말했다.

"잭, 너도 이해하지? 조지프가 진짜 네……."

"알아요."

내가 말했다.

엄마가 몸을 일으키더니 나를 안았다. 아빠는 내게 젖을 짜러 가라며 내보냈다.

그리고 엄마, 아빠는 조지프와 이야기를 나눴다.

그날 밤 전등을 끄기 전, 조지프가 책상 앞에 앉았다. 조지프의 옆구리에 멍 자국이 점점 짙어졌고, 등에는 사물함 철망에 긁힌 상처가 있었다. 그리고 왼쪽 뺨은 꼭 좀비 피부처럼 파랬다.

"재키."

조지프가 말했다.

"잭이랬지."

"그래. 잘 들어, 너는 여기 끼어들면 안 됐어."

"그랬는지도 모르지."

내가 말했다.

"그러지 말았어야지."

조지프가 일어나 전등을 껐다. 창문으로 비쳐 들어오는 빛 때문에 조지프가 목성을 보려고 몸을 돌리는 게 보였다.

"근데 그거 알아?"

조지프가 물었다.

"뭘?"

"그동안 아무도 내 편인 적이 없었거든. 매디 말고는. 고마워."

나는 몸을 일으켜 어둠 속의 조지프 옆에 섰다. 조지프가 목성을 가리켰다. 휘황찬란하게 빛나는, 하늘 위에서 그 무엇보다 반짝이는 별이었다.

바람이 몹시 찼고, 소리굽쇠처럼 내 몸을 때렸다. 나는 벌벌

떨었고 내 발도 꽁꽁 얼었지만, 그래도 거기 함께 있는 순간이
제법 마음에 들었던 것 같다.

조지프와 브라이언 로스와 닉 포터와 제이 퍼킨스는 싸움을
벌인 일로 모두 나흘 정학 처분을 받았다. 크리스마스부터 시작
되는 겨울 방학 직전 나흘이었다.

투크먼 교장 선생님이 보낸 통신문에는 여기서 더 사고를 치
면 퇴학 조치가 내려질 수도 있다고 쓰여 있었다. 그리고 네 사
람은 1월에 학교로 돌아오면 빠진 수업 진도를 전부 보충해야
했다. 체육 수업도 포함이었다.

다만 조지프는 1월까지 기다려 보충 수업을 듣지 않아도 되
었다.

조지프의 정학 기간 중 첫 월요일이었다. 내가 집으로 돌아왔
을 때, 듈니 선생님과 할로웨이 선생님이 이제 막 차에서 내리
고 있었다.

정말 이상했다. 선생님을 집에서 보다니 말이다. 바로 느낌이
왔다. 내가 뭔가 부모님 귀에 들어가면 안 될 일을 벌일 게 분명
했다.

하지만 선생님들이 온 것은 나 때문이 아니었다. 조지프를 만
나러 온 거였다.

그렇게 할로웨이 선생님이 학생들의 숙제를 채점하는 동안, 듈니 선생님은 조지프가 증명한 문제들을 살펴본 뒤 숙제를 내 주었다. 듈니 선생님의 시간이 다 끝나자, 선생님은 학생들의 숙제를 채점했고 할로웨이 선생님이 시의 운율을 봐 주었다. 대체 누가 그런 걸 신경 쓴다고…….

그런 다음 선생님이 내게 강세가 있는 음절과 약하게 흐리는 음절을 구분하고 리듬에 맞춰 조지프와 함께 읽도록 했다. 바로 다음 날 내가 수업 시간에 배울 내용이었는데도 말이다. 선생님은 이게 좋은 예습이 될 거라고 말했고, 나는 툴툴거리기를 멈춘 채 자리에 앉아야 했다. 이후로는 선생님이 시킨 공부를 하느라 바빴다.

할로웨이 선생님의 차례가 끝나자 두 선생님이 나설 채비를 했다. 할로웨이 선생님은 조지프에게 내일까지 해야 할 숙제를 한 아름 안겼다.

이번에는 스와이텍 선생님이 트럭에서 내렸다. 조지프와 내가 밖으로 나왔고, 선생님이 말했다.

"외양간 좀 보자."

그렇게 우리는 큰외양간으로 들어갔고 선생님이 말했다.

"이 정도면 되겠어. 가서 트럭 뒤에 실린 무게추 좀 가져와라."

그러고는 조지프에게 차키를 던졌다.

우리는 무게추를 큰외양간으로 옮겨왔다. 네 번에 걸쳐서.

조지프가 물었다.

"여긴 춥지 않겠어요?"

그러자 스와이텍 선생님이 말했다.

"세상 일이란 게 원래 험난한 법이다, 꼬맹아."

정말 그랬다. 조지프의 체육 수업은 외양간에서 무게추를 드는 거였다. 한 시간씩. 스와이텍 선생님이 다칠 위험은 없다고 해서 나도 같이 했다.

선생님들은 조지프의 정학 기간 내내 집에 왔다. 나흘 내내였다. 덕분에 조지프는 1월에 보충 수업을 들을 필요가 없어졌다.

겨울 방학이 시작되고 우리는 브라이언 보스와 닉 포터와 제이 퍼킨스를 이스트햄 도서관에서 보았다. 도서관 안에 있던 건 개들이 아니라 우리였다. 조지프에게 『아무것도 아닌 옥타비안』 2권이 필요했기 때문이었다.

눈이 꽤 많이 내린 탓에 거리는 온통 하였다. 우리가 밖으로 나왔을 때 개들이 탄 스노모빌이 지나갔다. 제이 퍼킨스 얼굴은 꼭 사물함에 부딪힌 꼴이었다. 실제로도 그랬지만. 그리고 브라이언 보스가 닉 포터의 뒤에 앉아 있었다. 개들은 천천히 움직이는 스노모빌에서, 우리를 주시했다.

조지프가 내게 『아무것도 아닌 옥타비안』 2권을 건네더니 빈 양손을 옆구리로 내리고 서서 마주 보았다.

집으로 돌아가는 길에 개들이 길가에서 한 번 더 우리를 지나갔다.

"야, 넌 죽었어."

제이 퍼킨스가 스노모빌 위에서 외쳤다.

조지프가 다시 내게 『아무것도 아닌 옥타비안』 2권을 건넸고, 우리는 개들이 눈앞에서 사라질 때까지 쳐다봤다.

잠시 후 조지프가 나를 보았다.

"재들한테 빈틈 보이지 마. 절대."

조지프가 말했다.

"안 그럴게."

내가 말했다. 그러더니 조지프가 책을 도로 가져갔다. 그게 이후 며칠간 중 마지막 외출이었다. 퀸투스 세르토리우스를 보러 작은외양간에 가거나 큰외양간에 가서 젖을 짜고 무게추를 드는 일을 제외하면 말이다.

밖에 나갈 때는 따뜻한 옷을 전부 꺼내 껴입었다. 내복도 포함이었다. 날씨가 거기서 더 추워지자, 집 밖으로 나서자마자 콧속이 얼어붙었다.

눈 위로 발을 디디면 자박자박 눈 밟히는 소리가 났고, 추위 때문에 눈을 반쯤 감고 다녀야 했으며, 외투를 단단하게 여며야 했다.

그럼에도 여전히 외양간 안에 들어가면 온기로 가득한 소들과, 소들이 뱉는 따뜻한 입김, 마른 풀 냄새, 발을 콩콩 차고 코를 쿵쿵 들이마시는 소리가 있었다. 전등이 깜빡거리며 구석구석을 비추었다. 그리고 말했다시피 따뜻한 소에게 기대어 젖을 짜는 시간은 견딜 만했다.

소들은 우리가 오는 걸 언제나 좋아했다. 어쩌면 딱히 다른 할 일이 없어서였을지도 모르겠다. 겨울에는 외양간 문을 꼭꼭 닫아 놓고 지내니까.

달리아는 주위를 두리번거리다가 윙크를 하기도 한다. 정말이다. 그럼 로지는 어떨까? 로지는 조지프가 외양간으로 다가오는 소리를 듣기만 해도 음매, 하고 운다. 기뻐하며 엉덩이도 흔든다. 조지프가 로지의 젖을 짤 때면 로지는 조지프에게 다 내어 주려고 한다.

젖을 짤 때 조지프는 매들린 이야기를 했다. 우리가 무게추를 들 때도 조지프는 매들린 이야기를 했다. 우리가 건초 더미를 퀸투스 세르토리우스에게 가져다줄 때도 조지프는 매들린 이야기를 했다.

저녁 식사 때 조지프는 매들린 이야기를 했고, 밤이면 자기 전 어둠 속에서 조지프는 매들린 이야기를 했다.

눈보라 속에서 조지프가 처음으로 매들린과 춤을 춘 이야기를 했다. 집으로 가려면 11킬로미터나 걸어야 했고 눈이 내리는 오후는 이미 어두워지고 있음을 조지프는 알았다. 하지만 집 안은 따뜻했고, 둘이 서로 손을 만지작거리다가 매들린이 웃음을 터뜨렸으며 콧노래를 흥얼거리기 시작했다.

둘이 서로를 안고 매들린의 콧노래에 맞춰 춤을 추던 이야기를 했다. 매들린은 두 눈을 감고 있었지만 조지프는 매들린을 보고 있었다. 조지프는 눈을 감고 싶지 않았다. 조지프는 계속 눈을 감고 싶지 않았다. 1초라도 놓치고 싶지 않았다.

그리고 어느 겨울날 둘이 지붕 밑으로 자라난 고드름을 가지고 겨루던 이야기를, 매들린이 조지프의 고드름을 치고 또 쳐서 짧게 부러뜨린 이야기를, 매들린이 고드름으로 조지프의 가슴팍을 찌르자 조지프가 죽은 듯이 쓰러지는 바람에 갑자기 잔뜩 겁을 먹은 매들린이 조지프에게 일어나라고 소리친 이야기를, 이러지 말라고 일어나라고 해서 조지프가 매들린 말대로 일어난 이야기를 말이다.

매들린이 영화 보면서 먹는 시나몬 팝콘을 좋아했지만 버터는 절대 넣지 않았던 이야기를, 매들린이 시 읽기를 좋아해서 조지프가 자기도 그런 척했지만 실제로는 시 읽기를 좋아하지 않았다는 걸 매들린도 알고 있었다는 이야기를, 매들린이 언젠가 매사추세츠 공과대학에서 공학자가 되어 도움이 필요한 곳을 찾아다닐 거라는 이야기를, 어디엔가 아주 깊은 우물을 파서 더는 아무도 맑은 물을 길으러 멀리 나서지 않아도 되길 바랐던 이야기를, 매들린이 맨발로 돌아다니길 좋아했다는 이야기를, 매들린의 곰 인형 이름이 딱히 이유도 없이 '버니 뷰 토끼'라는 이야기를 말이다.

둘이 함께 있을 때 얼마나 고요했는지에 관한 이야기를, 매들린의 손을 잡으면 조지프의 온몸이 따뜻해졌다는 이야기를, 아직도 이따금 매들린의 손 감촉이 느껴진다는 이야기를 말이다.

난 이런 생각이 들었다. 그날 밤 호수에서 아빠와 엄마와 내가 추위에 떨며 조지프를 살피느라 얼어 가는 동안, 어쩌면 그 밤이 조지프를 녹였는지도 모르겠다고.

크리스마스이브 아침, 젖을 다 짠 후에 아빠와 조지프와 나는 실톱 몇 개와 만약을 대비해 챙긴 도끼 한 자루를 갖고 나무를 베러 산으로 향했다. 멀리 가지는 않았다. 나무를 지고 돌아와야 했으니까.

아빠와 나는 보통 어떤 나무를 가져갈지 이리저리 실랑이를 벌이곤 했지만, 올해는 그러지 않았다. 조지프에게 이건 생애 처음 갖는 크리스마스트리가 될 거였기 때문이었다.

조지프가 어떤 나무를 눈여겨보더니 가지를 쓰다듬으며 웃음 지었다. 다섯 번째였다. 뭐, 그 비슷한.

실랑이할 여지가 없었다. 사랑스러운 전나무는 깔끔하게 잘렸고, 조지프와 내가 양 끝을 맡아 함께 들고 와서 집 앞에 두었다.

매년 그랬듯 그 나무 냄새가 크리스마스를 몰고 왔다.

엄마가 다락에서 트리 장식이 담긴 상자 몇 개를 꺼내 왔고, 우리는 아빠가 부산스럽게 전구를 매다는 모습을 지켜본 뒤 상자를 열었다.

장식마다 제각각 사연이 담겨 있었다. 엄마가 어릴 적 쓰던 오래된 장식도 있었다. 내가 1학년 때, 2학년 때, 3학년 때 직접 만든 장식도 있었다. 알알이 붉은 유리 전구는 아빠가 어느 크리스마스 때 엄마에게 사 준 거였다.

열두 금빛 천사는, 올해 새로 하나를 더한 것으로 해마다 내 나이와 개수가 같았다. 유리로 된 파랑새는 활짝 날개를 펼치고 있었다. 털실로 짠 목도리를 두르고 있는 성가대도 있었다. 은색 나팔을 들고 사팔눈을 한 곰 인형은 흰색과 빨간색이 섞인 목도리를 두르고 작은 썰매를 타고 있었고, 그 뒤에는 더 조그만 장난감이 실려 있었다.

우리가 트리에 장식을 거의 다 달았을 무렵, 엄마가 부엌에서 나와서 작은 상자 하나를 내밀었다.

"이건 네 거야."

엄마가 조지프에게 말했다.

"우리와 함께 보내는 첫 크리스마스를 기념해야지."

그런 다음 엄마가 상자를 조지프에게 주었다.

금빛 천사였다. 조지프는 포장지를 벗겨 그걸 꺼냈다. 그러고는 그걸 나무에 걸고 손가락으로 살짝 밀어 보았다. 장식이 빙그르르 돌며 전구와 함께 빛났다.

"주피터도 이걸 좋아할 거예요."

조지프가 말했다.

우리는 크리스마스이브 오후에 조금 일찍 젖을 다 짰다. 크리스마스이브 저녁과 부활절 아침, 이렇게 딱 두 번은 엄마가 우리를, 엄마 말에 따르면 '설령 지옥문이 우리를 기다리고 있대도' 새 회중 교회로 데려가는 날이기 때문이었다. 즉 우리가 식사를 빨리 마치고 시간을 들여 때 빼고 광을 내야 하는 날이라는 뜻이었고, 조지프도 예외는 아니었다.

준비를 다 마친 후 엄마가 우리의 상태를 점검했다. 특히 좀비 피부처럼 파란 조지프의 왼쪽 뺨을 유심히 보았다. 그러면서 조지프에게 회중 교회 예배에 가 본 적 있는지 물었고, 조지프는 어떤 교회 예배도 가 본 적 없다고 말했다. 회중 교회든 다른 어느 교회든.

엄마가 조지프를 물끄러미 보았다.

"단 한 번도?"

엄마가 물었다.

조지프가 고개를 끄덕였다.

"너희 엄마가 한 번도……."

말을 내뱉은 즉시 엄마는 자기가 너무 앞서 나갔음을 깨달았다. 조지프가 벽에 등을 붙이고 고개를 숙이고 있었다.

"조지프, 미안하다. 내가 참견이 지나쳤어. 나도 참견하는 사람들을 싫어하는데 말이야. 나는 설거지를 할 테니, 너는 잭이랑 위층으로 올라가 준비하고 있으렴. 난간에 너희 셔츠 두 벌 다림질해서 걸어 놨어. 그리고 잭, 올해는 일할 때 신는 부츠 신고 가면 안 돼. 어림도 없어. 절대, 시도도 하지 마."

나는 일할 때 신는 부츠를 신고 가지 않았다.

그날 밤 우리가 새 회중 교회에 도착했을 땐 춥고 어두웠고, 별이 서로 빽빽하게 모여 크림처럼 빛났다. 교회 안의 공기도 빽빽하게 모여 상당히 답답했고, 양초 왁스 타는 냄새가 달콤하게 차 있었다.

우리가 조금 늦은 탓에 신도석이 거의 다 차 있어서 앞쪽으로 들어가 앉았는데, 집사님이 거의 바로 내다보일 정도였다.

빨갛고 파란 석고상을 지나 분홍빛 아기가 헐벗은 채로 건초 위에 눕혀졌다. 누구든 이제 막 태어난 아기를 으레 건초 위에 눕히는 것처럼.

우리는 〈천사 찬송하기를〉과 〈오 베들레헴 작은 골〉과 〈참 반가운 성도여〉를 불렀다. 익숙한 레퍼토리였는데도, 조지프는 부르지 않았다. 어쩌면 조지프는 노래를 전혀 불러 본 적이 없 거나, 어쩌면 노래를 아예 모르는 걸지도.

그런 다음 발루 목사님이 설교 말씀을 위해 일어났다.

조지프와 철자가 같은 요셉과 마리아의 이야기였다. 두 아이 가 혼인하지 않은 상태로 아기를 가진 것이 발견되었다. 곤경에 처한 둘을 도와주는 사람이 아무도 없었으며, 숱하게 많은 사람 이 둘을 도우려 하지 않았다. 하지만 천사들이 두 사람에게 내 려와 주님이 곁에 함께 계시니 겁먹을 것 없다고 말했다. 이 아 기는 특별하다고도 말했다. 그래서 요셉은 더는 겁먹지 않았다.

요셉은 마리아를 돌보았지만 두 사람이 저 먼 도시로 떠나야 했을 때 지낼 만한 곳을 찾지 못했다. 말했다시피, 확실히 도와 줄 만한 사람이 있지 않았으니까. 요셉은 어떤 장소를 찾고, 둘 은 거기서 아기를 낳았다. 그리고 그 밤의 별이 두 사람을 비추 며 사람들이 그들을 찾도록 했다. 사람들도 그 아기가 특별하다는 것을 알았다.

요셉과 마리아는 그 아기를 사랑했다. 그리고 집으로 돌아갈 때가 되자 둘은 그동안 일어난 모든 일을 가슴 깊이 보물처럼 간직했다.

신도석에서 조지프는 내내 꼼짝도 하지 않았다. 까딱도 하지 않았다.

예배가 끝나고 우리가 〈기쁘다 구주 오셨네〉를 다 부르자 조지프가 내게 찬송가집을 내밀었다. 나는 그걸 자리 선반 위에 두고 엄마와 아빠를 따라 통로로 나왔다.

하지만 조지프는 우리와 함께 신도석을 떠나지 않았다. 빨간 요셉 석고상과 파란 마리아 석고상과 건초 위의 헐벗은 아기를 지나서 집사님을 쳐다보고 있었다.

우리는 조지프를 기다렸다.

조지프가 준비가 되어 우리를 따라오자 우리는 발루 목사님과 악수하며 인사를 나누는 마지막 무리에 합류했다.

목사님이 조지프의 손을 잡자 조지프가 물었다.

"그 얘기는 얼마만큼 진짜죠?"

발루 목사님이 그 말을 곱씹었다.

"내 생각에는 전부 진짜거나, 전부 진짜가 아닐 것 같구나."

목사님이 답했다.

"천사들도요? 정말요?"

조지프가 물었다.

"못 믿을 이유가 뭐가 있겠니?"

발루 목사님이 물었다.

"나쁜 일이 일어나잖아요. 천사들이 그때 나타났으면 나쁜 일이 일어나지 않았을 텐데."

조지프가 말했다.

"천사들이 모든 나쁜 일을 멈춰 주는 존재는 아닌 게 아닐까?"

"그러면 얼마만큼 착한 존재인데요?"

"나쁜 일이 일어났을 때 곁에 있어 줄 만큼은."

조지프가 목사님을 쳐다보았다.

"그러면 대체 그때 천사들은 어디 있었던 건데요?"

조지프가 물었다.

나는 발루 목사님이 혼을 낼 줄 알았다.

그렇게 우리의 새 회중 교회 크리스마스이브 예배가 끝났다.

크리스마스 아침, 또 눈이 심하게 내렸다. 우리는 먼저 젖을 짰다. 소들은 크리스마스를 믿지 않으니까.

그런 다음 들어와서 아침 식사로 달걀과 자몽과 반죽을 꼬아

체리를 넣은 바브카 빵에 따뜻한 차를 곁들였다. 그다음은 선물이었다.

평범한 것들이었다. 양털 양말은 조지프와 내 것이었다. 양털 셔츠도 있었다. 새 청바지도. 새 부츠도. 새 발로 나이프는 내 것이었고, 새 벅 나이프는 조지프 거였다. 책도 몇 권 있었는데, 꽤 맘에 들었다. 다만 조지프가 가진 『월든』은 양털 양말만큼이나 시시해 보였다.

준비된 순서가 다 끝나고 우리는 뒤로 기대어 앉았다. 조지프는 『월든』 첫 장을 읽고 있었다. 예의상 그랬을 게 뻔하다. 그때 아빠가 말했다.

"조지프, 하나 더 남은 것 같은데?"

조지프가 아빠를 쳐다보자 아빠는 트리를 가리켰다. 조지프의 천사 아래에 봉투가 하나 있었다.

조지프는 일어나 봉투를 가져와서 천천히 열었다. 그러고는 종이를 펼쳐 눈으로 읽고, 소리 내어 다시 읽었다.

"'우리가 도와줄게.'"

조지프가 읽었다.

"뭘 도와줘?"

내가 물었다.

"우리가 내일 스트라우드 선생님께 전화해서 자리를 마련할 수 있을지 확인해 보려고 해."

엄마가 말했다.

그제야 나도 알아챘다. 하지만 조지프는 그 말의 의미를 바로 알아챈 것 같았다.

조지프는 종이를 봉투에 도로 넣었다. 그러고는 봉투를 『월든』 책장 속에 끼워 넣었다.

농담이 아니라, 조지프의 얼굴을 보는데 나는 조지프가 당장이라도 소리를 지를 줄 알았다. 발루 목사님을 보며 했던 생각처럼 말이다.

조지프가 엄마에게 다가갔다. 엄마가 조지프의 양팔을 감싸안자 조지프도 두 팔을 엄마에게 감싼 채 기댔다. 조지프가 로지에게 하던 것처럼. 그때 조지프의 뒤에 선 아빠가 조지프의 등에 가만히 손을 얹었다.

'크리스마스의 기적'이라는 말이 있지 않은가. 때로 기적은 전부 우리 주변에 나타난다. 크리스마스이브 저녁 새 회중 교회 안에 진하게 퍼져 있던 양초 왁스 냄새처럼 말이다.

어쩌면 기적은 크고 요란하게 찾아오는지도 모르겠다. 하지만 이런 건 처음이었다.

나는 생각했다. 아마 대부분의 기적은 훨씬 더 작고, 말하자면 잔잔하고 몹시 조용해서 놓칠 수도 있는 거라고.

나는 이번 기적을 놓치지 않았다.

아빠가 조지프의 등에 손을 얹었을 때 조지프는 움찔하는 기색도 보이지 않았다.

제6장

고약한 추위가 겨울 방학 내내 머물렀다. 매일 아침 영하 11도와 12도를 밑돌았다. 오후에는 거의 영하 18도 부근까지 내려간다는 예보가 있었고, 눈이 내렸다.

조지프와 나는 집과 외양간 주변에 쌓인 눈을 삽으로 폈고, 푸고, 푸고, 또 푸느라 우리가 치운 눈이 원래 쌓인 눈보다 더 높이 쌓였다.

크리스마스가 지나면 매년 눈이 더 많이 내렸다. 우리가 새해 첫날 외출에 나서면, 어김없이 10에서 12센티미터쯤 새로 치워야 할 눈이 길을 막고 있었다.

하지만 이번에는 달랐다. 우리가 눈을 거의 다 치우고 내가 마지막으로 한 삽 가득 떠올릴 무렵 내 등 뒤로 불쑥 한 삽 가득 흩날리는 눈이 느껴졌고, 뒤를 돌아보았을 때, 한 삽 가득 담긴 눈이 내 가슴팍과 얼굴로 흩뿌려졌다. 그리고 조지프가 웃으며 즐거워했다.

조지프가 웃으며 즐거워했다, 여섯 번째였다. 이번에는 심지어 웃음 비슷한 게 아니라 진짜 웃음이었다.

이러면 나도 어쩔 수 없지 않은가. 나는 눈더미에서 한 삽 가득 퍼 올린 뒤 그걸 조지프에게 뿌렸다. 하지만 빗나갔다. 그래서 한 번 더 가득 푼 한 삽을 들고 큰외양간에 다다를 때까지 조지프를 쫓아갔다. 조지프는 정말 즐거워했다.

조지프가 몸을 웅크리자 내가 눈을 조지프의 등에 뿌렸다. 그런 다음 당연하게도 조지프가 한 번 더 한 삽 가득 퍼 올렸고 나도 한 삽 가득 떴고⋯⋯. 그 이후야 뭐, 알 만하지 않은가.

우리는 집과 외양간 주변의 눈을 치우는 데 오랜 시간을 보냈다. 다시 치우는 데 말이다.

젖을 짜기 위해 우리가 조금 늦게 오자 소들이 짜증을 냈다. 달리아가 내 발을 밟았고, 다른 소들도 마찬가지였다. 의도가 분명했다.

하지만 그날은 조지프가 처음으로 장난을 친 날이었다. 게다가 즐거워했다. 소들의 짜증을 감내할 가치가 있었다.

그날 저녁 메뉴는 화려했다. 닭고기, 당근과 고구마, 딱딱한 빵조각을 부드럽게 만든 빵 푸딩에는 집에서 손수 만든 바닐라 아이스크림과 수제 초콜릿 소스를 얹었다.

우리는 모두 눈 얘기로 즐거워했고, 얼마나 더 내릴지, 내일은 얼마나 더 눈을 치우느라 삽질을 해야 할지 이야기를 나눴다. 어쩌면 두 배는 더 해야 할지도 몰랐다. 조지프가 장난을 치다니…….

그때 전화벨이 울렸고 즉시 모든 것이 멈췄다.

크리스마스 이후로 부모님은 주피터 소식을 전해 줄 전화를 기다리고 있었다. 조지프도 마찬가지였다.

조지프는 선 채로 굳어 있었다. 의자가 뒤로 넘어가자 다시 세우려고 몸을 숙였지만 눈은 내내 우리 엄마를 향해 있었다.

엄마가 조지프를 보더니 일어나 전화를 받았다. 하지만 상대는 스트라우드 선생님이 아니었다. 주피터 소식도 아니었다.

그건 조지프 아빠에게서 걸려온 거였다.

"조지프 아버님, 안녕하세요?"

엄마가 말했다. 조지프가 벽에 등을 기댔다. 엄마는 한참이나 듣기만 했다. 듣고 있는 표정이 흐뭇해 보이지는 않았다.

"그건 어려울 것 같군요."

엄마가 말했다. 그러고는 다시 한참이나 듣기만 했다.

"스트라우드 선생님도 아는 내용인가요? 그런 게 아니라면 우리도 허락할 수……."

그리고 다시 한참 듣기만 했다.

"알겠습니다. 4시 전에는 안 됩니다. 네, 4시요."

엄마가 말했다. 그리고 다시 한참 듣기만 했다.

"알겠습니다."

엄마가 말했다.

"그렇게 정해진 거라면요. 네, 아이는 여기 같이 있습니다. 직접 얘기하셔도 될 것 같군요."

엄마가 조지프를 보더니 수화기를 내밀었다. 조지프가 벽에서 떨어져 다가와 수화기를 받았다.

"네."

조지프가 말했다. 엄마가 식탁 앞에 앉았다.

"조지프 아빠가 변호사를 선임했어요."

엄마가 말했다.

"그래요."

조지프가 말했다.

"어찌어찌 면접교섭권을 얻은 모양이에요. 그게 어떻게 가능했는지 모르겠네. 정황상……."

엄마가 나를 보더니 말을 멈췄다.

"아무튼 일요일에 여기로 오겠다는군요, 조지프를 보러."

"스트라우드 선생님과 먼저 얘기해야겠어요."

아빠가 말했다.

"알겠어요."

조지프가 말했다.

"당연히 그래야죠."

엄마가 말했다.

"전 괜찮아요. 아뇨. 알겠어요. 네."

조지프가 말했다. 그러고는 전화를 끊고 식탁 앞에 앉았다.

"괜찮니?"

아빠가 물었다. 조지프가 고개를 끄덕였다.

"조지프, 네가 만나고 싶지 않다면……."

아빠의 말에 조지프가 일어났다.

"로지 좀 한 번 더 살펴보고 올게요."

조지프가 말했다.

"로지 먹이통을 채워 줬었는지 잘 기억이 안 나서요."

"아까 채웠잖아."

내가 말했다.

"금방 살펴보고 올게."

그러고는 조지프는 복도로 나갔다. 뒷문을 열자 찬바람이 안으로 불어왔다.

우리가 조지프가 다시 돌아오길 기다리는 동안 그 찬바람은 집 안에 머물렀다. 그리고 조지프가 돌아온 후에도 그날 밤 내내 우리 곁에 머물렀다. 남은 겨울 방학 내내 우리 곁에 머물렀다.

조지프는 더는 장난을 치지 않았다. 우리는 조지프 아빠가 오는 일에 관해서도 이야기 나누지 않았는데, 꿈속에 있는 기분이었다. 뭔가 곧 닥칠 일을 두고 그저 그 일이 닥치기 바로 직전에 깨기를 비는 것밖에 할 수 있는 일이 없는 그런 기분 말이다.

하지만 때로 할 수 있는 일이 없을 때도 있다.

조지프가 월요일 수업이 끝나고 나를 기다렸다. 날이 파랬고, 몇 점 떠 있는 구름은 높았다. 기온이 영하 10도대로 오른 곳도 있어서 거의 해빙기처럼 느껴졌다. 조지프가 집까지 걸어가겠다고 해서 나도 함께 걷겠다고 했는데, 바보 같은 짓이라고 날 타박하지는 않았다.

조지프가 외투를 한껏 여민 뒤 우리는 길을 떠났다. 버스가 우리를 스쳐 지날 때, 어니 허퍼, 존 윌, 그리고 이어폰을 낀 대니 네이션스가 차창 밖으로 우리를 내다보았고, 어니 허퍼가 고개를 저었다. 마치 내가 못 말리는 구제 불능이라는 듯이.

우리는 옛 회중 교회에 멈춰서 눈 뭉치를 종탑을 향해 멀리 던졌다. 돌을 던질 때처럼 청량한 소리가 나진 않았지만 조지프가 잔뜩 던지고 싶어 했고, 우린 그렇게 했다. 그다음 우리는 얼라이언스 다리로 가서 부서진 널판 너머 강으로 눈 뭉치를 던졌다. 얼마 후 나는 아직 괜찮다고 말했지만 조지프가 점점 추워진다며 이만 가는 게 좋겠다고 해서 우리는 그렇게 했다.

우리는 4시 정각이 살짝 지나서 집에 도착했다. 진입로에 트럭 한 대와 승용차 한 대가 세워져 있었다.

'브룩 수리.'

트럭 옆면에 그렇게 쓰여 있었다. 그리고 승용차 옆면에는 '보건복지부 메인 주'라고 쓰여 있었다.

내가 앞장서서 집으로 들어갔다. 우리 부모님이 거기 서 있었다. 스트라우드 선생님도 서 있었다. 그리고 조지프의 아빠는 앉아 있었다.

"어이, 다 컸구먼."

조지프 아빠가 말했다.

"왔어요?"

조지프가 말하면서 바닥으로 고개를 숙인 채 부엌으로 걸어 들어왔고 제 가방을 조리대 위에 올려두었다.

"내 새끼 좀 보겠다는데 변호사씩이나 필요하다니."

조지프 아빠가 말했다.

"그래도 결국 구했지. 괜찮은 사람으로."

"그래요."

조지프가 답하자 조지프 아빠가 일어났다.

"가서 얘기 좀 하자."

조지프 아빠의 말에 조지프가 고개를 끄덕였다.

"거실이 비었어요."

우리 아빠가 거실을 손으로 가리키며 말했다.

"바로 저쪽이에요."

"내 아들 데리고 드라이브 좀 할 건데."

조지프 아빠가 말했다.

"안 됩니다."

스트라우드 선생님이 말했다.

"이 집 안에 계셔야 합니다."

"지옥에서나 그렇게 하라지"

스트라우드 선생님이 휴대폰을 꺼내 번호를 누르기 시작했다.

"이번 면회는 당장 종료하겠습니다, 브룩 씨. 선택하세요."

선생님이 마지막 번호에 손가락을 대고 조지프 아빠를 보았
다. 그러자 조지프 아빠는 스트라우드 선생님을 돌아보더니 조
지프에게로 걸어와 조지프의 등에 손을 대고 거실로 살짝 떠밀
었다.

조지프 아빠가 조지프의 등에 손을 댔을 때, 조지프가 어떻게

반응했는지 아는가.

　조지프는 움찔했지만 자기 아빠와 함께 아무튼 거실로 갔다. 그제야 스트라우드 선생님이 휴대폰을 가방에 도로 넣었다.

　"일이 이렇게 되어 죄송합니다."

　선생님이 말했다.

　"면목이 없군요. 이런 일이 생기지 않게 말을 잘 했는데, 곧바로……. 좋은 변호사를 구해 왔어요. 아, 좋은 변호사는 아니죠. 끈질기고 협박에 능한 변호사예요. 그래서 유감스럽게도 바로 이런 걸 요구해 오더군요."

　"원하는 게 뭐죠?"

　아빠가 묻자 스트라우드 선생님이 고개를 젓더니 말했다.

　"돈 아니겠어요?"

　"돈 때문에 온 거라고요?"

　"브룩 씨가 주피터 입양 문제를 복잡하게 만들었어요."

　스트라우드 선생님이 말했다.

　"브룩 씨의 변호사 주장은, 조지프가 미성년자이기 때문에 조지프에게 양육권을 넘길 권한이 없다는 거예요. 그 권리는 법적 보호자인 조지프 아빠한테 있다는 거죠. 그리고 보아하니 브룩 씨는 매들린 부모님한테서 한몫 단단히 챙기기 전까지는 서명에 응하지 않을 것으로 보여요. 물론 서류상으로는 어떤 증거도 없습니다. 하지만 브룩 씨가 그걸 기다리고 있다는 건 모두가 알죠."

아빠가 일어났다.

"그럼 조지프는……."

"변호사는 한 수 더 내다봤어요. 브룩 씨의 아들을 향한 강한 애정을 증명하고 싶어 합니다. 더 나아가 손녀를 향한 마음도 요."

"그럼 그 아기는……."

"주피터의 입양은 답보 상태예요. 매들린 부모님은 다 정리하고 새 출발하고 싶어 하고, 주피터가 좋은 가정에 입양되길 원하고 있어요. 하지만 브룩 씨가 서명하지 않는 한, 혹은 이 상태를 해결하지 않는 한, 불가능한 일이죠. 어떤 가족이 치열하게 경쟁까지 해 가며 아이를 입양하겠어요?"

"조지프의 의견은 효력이 없나요?"

"그 애는 미성년자니까요."

스트라우드 선생님이 말했다.

엄마와 아빠가 서로를 응시했다. 그러더니 둘이 거실 쪽을 쳐다보았다. 거기서 들리는 것은 거의 조지프 아빠 목소리였다.

"잭."

아빠가 말했다.

133

"넌 먼저 젖을 짜고 있는 게 좋겠다. 조지프가 함께 갈 수 있을지 잘……."

"알겠어요."

내가 말했다.

큰외양간은 한결 따뜻했고, 건초와 묵은 나무와 가죽과 소 냄새가 났다. 늘 그랬듯.

나는 로지를 지나쳐 걸어갔다. 로지는 날 올려다보더니 다시 고개를 숙였다. 조지프가 아니라 내가 와서 실망한 것 같았다. 그래서 나는 달리아부터 젖을 짜기 시작했다. 달리아에게 기대어 젖이 양동이 안에 뿜는 반복적인 소리를 들었다.

일이 어떻게 돌아가든, 우유가 흐르는 소리와 우유의 따뜻한 냄새는 뭔가 좋은 기분을 전한다. 달리아가 음매, 우는 소리와 풀 씹는 소리도.

다만 젖을 다 짤 무렵 집 안에서 조지프 아빠의 소리가 터져 나와 마당까지 온통 울려 퍼지는 것은 영 좋은 징조라고 할 수 없었다. 달리아가 그동안 그랬던 것보다 훨씬 더 짜증을 냈다.

나는 다 짠 우유를 냉각기 안에 붓고 안으로 들어갔다.

내가 문을 열었을 땐 아무도 내 쪽을 쳐다보지 않았다. 다들 전부 흰자위를 치켜뜨고 서로를 노려보고 있었다.

조지프는 등을 벽에 붙인 채 서 있었다.

"아빠한테는 자기 아들에 대한 권리가 있는 거라고. 당신들이 대체 뭐라고 나를 내 아들한테서 떼어 놓는 거야? 이제 나한테도 변호사 있거든? 부자라고 내가 무조건 굽신 댈 줄 알아?"

조지프 아빠가 말했다. 그리고 스트라우드 선생님이 말했다.

"즉시 떠나지 않으면, 제가······."

그때 조지프 아빠가 우리 아빠에게 더 가까이 다가왔다.

"당신들 속셈을 모를 줄 알아? 당신들도 한몫씩 챙기고 있잖아. 내 새끼 데리고 있는 명목으로 주 정부에서 돈 받잖아. 너는 여기 돈 때문에 온 거야."

조지프 아빠가 조지프를 가리켰다.

"쟤도 아나?"

조지프 아빠가 조지프에게로 몸을 돌리며 이어 말했다.

"이 사람들한테 넌 그냥 수입원인 거 너도 알아? 넌 아무것도 아냐. 그냥 돈벌이 수단이지."

우리 아빠가 부엌을 가로질러 복도에 놓인 탁자까지 걸어왔다. 그러고는 서랍을 열더니 서류를 몇 장 꺼내 챙긴 다음 조지프 옆에 섰다.

"조지프."

우리 아빠가 말했다.

"네 아버지 말씀이 맞다. 매달 주 정부에서 돈이 나와. 그게 어디에 쓰이는지 네게 보여 주고 싶은데."

아빠가 서류를 내밀었다.

"이건 은행에서 떼어 온 서류다. 매달 계좌로 돈이 들어온 내역을 볼 수 있지. 여기서부터야, 네가 우리한테 온 첫 달이었지. 알아보겠어? 그리고 이건 계좌 잔액이야. 매번 받은 금액이 한데 모였지. 이것도 이해하겠어?"

조지프가 고개를 끄덕였다.

"이번엔 여기를 보자. 네 이름 보여? 이 계좌는 네 이름으로 되어 있어. 이 돈은 다 네 거야. 우린 한 푼도 쓰지 않았어. 다 네 거야."

"이건 네 대학 학비가 될 거야."

엄마가 말했다. 조지프가 서류를 들고 뚫어지게 쳐다보았다.

"대학 학비라니!"

조지프 아빠가 말했다.

"조가 대학에 갈 수 있다고 생각하나? 어디 하버드라도 들어가서 세상 똑똑하고 모든 걸 다 가진 것처럼 으쓱대며 돌아다닐 거라고? 자기 아빠보다 더 똑똑해질 거라고? 그런 일이 일어날 것 같나?"

"네."

조지프 아빠의 말에 엄마가 대꾸했다.

"정확히 그렇게 될 겁니다. 조지프는 대학에 갈 거예요. 그리고 조지프의 선생님들에게 같은 질문을 한대도 다 그렇게 답할 겁니다."

조지프 아빠가 소리 내 웃었다.

"그 작자들도 뭘 모르는군. 하지만 난 알지. 말해 두는데, 내가 여기 다시 와서 내 아들을 데려갈 날이 머지않았어. 말했지만, 권리는 아빠한테 있거든."

"두고 봅시다."

스트라우드 선생님이 말했다.

"두고 보자고?"

조지프 아빠가 물었다. 그러더니 내게 손가락질하고는 우리 부모님 쪽으로 몸을 돌렸다.

"누가 당신네 아들을 데려가면 어떻겠어? 어? 기분이 어떻겠냐고. 무슨 수를 써서라도 아들을 되찾을 거야. 분명히 그럴 테지."

조지프 아빠가 한 번 더 소리 내 웃었다. 그러더니 내게로 걸어와 내 어깨를 움켜쥐었다.

"걘 건들지 마세요."

조지프가 다급하게 외쳤다.

조지프 아빠의 손은 단단하고 묵직했다. 그 손이 내 어깨뼈를

꽉 쥐어쨌다.

우리 아빠가 내게 다가오려 하자 조지프 아빠가 바로 손을 뗐다. 조지프 아빠가 다시 소리 내 웃었다.

"내 말 알겠지?"

조지프 아빠가 말했다.

우리 아빠가 조지프 아빠에게 아주 가까이 다가섰다. 스트라우드 선생님이 휴대폰을 다시 꺼내 들었다.

조지프 아빠가 몸을 조지프에게로 돌리며 말했다.

"가능한 한 빨리 널 여기서 꺼내 주마. 그럼 모든 일이 수월해질 거야. 장담하지. 우리 둘 모두에게 새로운 삶이 펼쳐질 거다. 그러면 네가 대학 따위에 갈 필요도 없어질 거야."

조지프 아빠가 선반 위에 올려둔 외투를 챙긴 뒤 문을 열며 말했다.

"그리고, 조. 한 번 더 나한테 이래라 저래라 했다가는······."

조지프 아빠는 더 말을 잇지 않고 자리를 떠났다.

부엌 전체가 소들이 있는 큰 외양간보다 훨씬 더 싸늘해졌다. 그리고 더 조용해졌다.

"저는 젖 짜러 다시 가 봐야겠어요."

내가 말했다.

조지프가 부엌을 가로질러 걸어와서 자기 외투를 챙겼다. 우리는 함께 나왔다. 조지프는 아무 말도 없었다.

로지는 우리가 오는 소리를 듣고 고개를 쳐들며 행복한 울음소리를 냈다. 심지어 엉덩이를 흔들면서 조지프에게 사랑 표현을 했다.

우리가 필요할 때 소들은 거기 있어 주곤 한다. 늘 그런 것은 아니지만 때로는 그렇다. 그리고 어쩌면 로지는 바로 그때 조지프의 곁에 자신이 필요하다는 걸 알았는지도 모르겠다.

그래서 로지는 한 번 더 행복한 울음소리를 냈고, 조지프는 로지의 엉덩이를 쓰다듬어 주었다. 그러고는 로지 밑에 양동이를 받치고 옆으로 기대어 젖을 짜기 시작했다. 느리지만 확실하게, 조지프의 방식으로.

조지프는 내내 아무 말도 하지 않았지만, 로지에게는 예외였다.

조지프는 저녁 식사 때도 후식을 먹을 때까지 아무 말도 하지 않다가, 조용한 가운데 엄마를 보면서 물었다.

"저 진짜 대학 갈 수 있어요?"

엄마가 조지프에게 직접 만든 복숭아 절임을 한 그릇 더 건네며 말했다.

"조지프, 내 생각에 네가 대학에 가지 않는다면, 듈니 선생님과 할로웨이 선생님이 우릴 가만두지 않을 거야."

엄마의 말에 조지프가 웃었다. 뭐, 그 비슷한 거였다. 이번이 일곱 번째였던 것 같다.

그다음 날 추위가 사그라들었다. 오래 가진 않을 거였고, 아빠는 며칠쯤으로 예상했다.

해가 나오자 하늘은 쳐다보기에도 눈부신 파랑이었고 침엽수 위로 쌓인 눈이 녹아 질척하게 떨어졌다. 소들은 봄이 온 것처럼 활발하게 움직였다. 아직 눈이 높이 쌓였는데도 들판에 새풀이 돋아났다고 믿는 모양이었다.

이제 퀸투스 세르토리우스도 제 칸막이 안에만 있으려고 하지 않아서, 수업이 끝나면 조지프와 나는 녀석을 데리고 방목지로 나가 놀게 해 주었다. 녀석은 조지프와 나를 등에 태우고 자기 무릎까지 쌓인 눈을 헤치며 움직였다. 조지프는 말을 타는 게 처음이라서 안장 없이 올라타기도 했다.

퀸투스 세르토리우스는 콧김을 뿜고 힝힝, 울고 꼬리를 높이 휙휙, 흔들면서 봄이 오는 게 기쁘다는 온갖 신호를 우리에게 보냈다. 아직 봄이 오려면 멀었는데도 말이다.

그럴 때가 있지 않은가. 뭔가 좋은 일이 찾아올 때, 설령 그게 아직 도착하려면 멀었음에도, 그런데도 그저 그게 찾아올 것을 아는 것만으로 콧김을 뿜고 힝힝, 울게 되는, 뭐 그런 때가.

나는 그저 우리 부모님이 도와줄 걸 알게 된 것만으로 조지프도 자기에게 뭔가 좋은 일이 찾아올 거라는 걸 믿게 될 거라고 생각했다. 설령 조지프 아빠에게 좋은 변호사가 있고, 권한이 있다고 해도 말이다.

조지프가 주피터를 만나도록 우리 부모님이 도와줄 거다.

그리고 언젠가, 조지프도 대학에 갈 거다.

하지만 날이 계속 미루적거렸고, 다시 눈과 함께 날씨가 궂어졌다.

날이 계속 미루적거리며 다시 추위와 함께 날씨가 궂어졌다.

날이 계속 미루적거리며 다시 기다림으로 날씨가 궂어졌다.

부모님은 조지프의 상담사에게 두 번째, 세 번째 전화를 걸었고, 상담사는 몇 주가량 시간을 더 두고 검토한 뒤 조지프가 주피터를 만나도 될지의 여부를 결정하겠다고 했다.

부모님이 스트라우드 선생님에게 연락하자, 선생님은 우선 조지프의 상담사를 만나서 의견을 들어봐야겠다고 했다. 마침 상담사는 선생님에게 의견을 전하기 위해 애쓰는 중이었다. 그러자 엄마는 스트라우드 선생님이 손이 묶인 상태이니 참고 기다리는 수밖에 없다고 했다.

부모님이 선생님들에게 연락해 학업 성취도에 관해 편지를 써 주길 청하자, 듈니 선생님과 할로웨이 선생님과 스와이텍 선생님 모두 바로 편지를 써 주었다.

하지만 스트라우드 선생님에 따르면, 그 편지들은 파일 하나로 모아 보건복지부 부서 내 다른 사람에게 먼저 보여 줘야 하는데, 그 사람이 매우 바빠서 결정을 내리기까지 시간이 걸릴지도 모른다고 했다.

스트라우드 선생님은 이 상황을 어느 날 오후 우리 집 부엌에서 조지프에게 설명하려고 애썼다. 우리 부모님도 함께였다. 물론 나는 외양간에서 젖을 짜는 중이었다.

하지만 조지프가 큰외양간에 들어왔을 때 스트라우드 선생님이 조지프에게 어떤 이야기를 했는지 대강 알아챌 수 있었다.

"선생님이 언제 주피터를 만날 수 있대?"

내가 물었다. 조지프가 로지의 몸 밑으로 양동이를 받칠 때까지 한참이나 기다렸다.

"······몰라."

조지프가 겨우 대답했다.

"선생님이 결정이 나올 때까지 얼마나 걸린다고 했는데?"

"······몰라."

조지프가 답했다. 다시 한참이나 기다렸다. 그사이 달리아 젖을 다 짰다.

"선생님이 무슨 말 없었어?"

내가 물었다.

"주피터가 브런즈윅에 있대."

조지프가 말했다.

"브런즈윅?"

"어."

조지프가 로지의 젖을 짜기 시작했다.

"브런즈윅은 여기서 남쪽이지?"

조지프가 물었다.

"조지프, 너 설마……."

"남쪽 맞지?"

"어. 근데 너 그러면 안……."

"재키, 잠깐만 좀 입 좀 닫아 줄래?"

"알겠어."

내가 말했다.

"그래."

조지프가 말했다. 내가 다 짠 우유를 냉각기 안으로 부었다.

"근데 잭이야."

내가 말했다.

"그래."

조지프가 말했다.

이후 우리는 입을 닫았다. 둘 다.

우리는 저녁 식사 때도 말하지 않았다. 또 그날 저녁 숙제를
하면서도. 내가 자러 침대 안으로 들어가고 조지프가 추위와 어
둠 속에 서서 목성을 찾아 볼 때도 우리는 말하지 않았다.

또 다음 날 아침 식사 때도. 또 버스 안에서도. 수업 시간에도
내내 우리는 아무런 말도 하지 않았다. 조지프가 나 외에 다른
사람과도 딱히 말했을 것 같지도 않다.

그날 하루가 끝나고 내가 스쿨버스 근처로 조지프를 만나러
갔을 때 조지프는 거기 없었다. 나는 조지프가 집까지 걸어갔을
거라고 생각했다. 그럼 말하지 않아도 되니까.

나는 버스를 타고 가는 내내 조지프를 찾았다. 옛 회중 교회
를 돌아가며, 얼라이언스 다리를 지나며, 꽁꽁 언 얼라이언스
강을 따라서. 하지만 어디에서도 조지프를 보지 못했다.

그렇게 집에 도착했을 때, 조지프는 거기 없었다.

"조지프는 어디 있니?"

엄마가 물었다.

"아마 걸어오는 것 같아요."

내가 답했다. 엄마가 갑자기 걱정하는 기색을 보였다.

"엄마도 그럴 거라고 생각했어."

엄마가 말했다. 그러면서 조지프를 찾아 길가로 나섰다. 그렇게 몇 분이 지나 엄마는 외양간으로 아빠를 찾으러 갔다.

젖을 짤 시간이 됐을 때도 조지프는 여전히 집에 없었다.

"내가 동네를 둘러봐야겠어."

아빠가 말했다.

"잭, 먼저 시작하고 있어. 조지프도 곧 와서 같이 할 거다."

하지만 조지프는 오지 않았고, 한 시간 후 아빠가 차를 타고 돌아왔다. 엄마가 문 앞에서 기다리고 있었다.

엄마와 아빠가 우리 방으로 올라왔다.

조지프의 옷 몇 벌이 사라지고 없었다. 그리고 『월든』과 『아무것도 아닌 옥타비안』 2권도.

오늘 아침, 자기 가방에 그걸 전부 싸간 게 분명했다.

"스트라우드 씨한테 연락해야겠어요."

엄마가 아래층으로 내려갔다.

"잭, 젖 다 짰니?"

아빠가 물었다. 내가 고개를 끄덕였다.

"로지 젖도 짰고?"

내가 고개를 다시 끄덕였다.

아빠가 하늘을 올려다보았다. 화강암 석판 색깔의 눈구름이 낮게 내려와 있었다.

"그럼 아빠랑 같이 트럭에 타자. 조지프를 찾으러 갈 거야."

아빠가 말했다.

"조지프가 어디로 갔는지 알 것 같아요."

내 말에 아빠가 나를 쳐다보았다.

"조지프는 주피터를 찾으러 갔어요."

내가 말했다.

아빠가 고개를 끄덕였다.

"가서 엄마한테 저녁 식사에 늦을 거라고 말씀드려."

제7장

이스트햄을 향해 우리가 집을 나선 지 10분도 채 안 되어서 눈이 내리기 시작했다. 그냥 살짝도 아니었다. 돌풍과 함께 내리는 눈이 트럭 옆면을 세차게 때리고 앞 유리를 가려 버렸다. 바람 소리도 거세서 꼭 길을 잃고 울부짖으며 무서워하는 통곡 소리처럼 느껴졌다.

그건 어찌 보면 딱 내가 상상하는, 길 한복판에 서 있는 조지프의 현재 모습 같기도 했다. 조지프가 백만 년 동안 통곡할 일은 없을 거라는 점만 빼면.

우리는 길 양옆을 살피며 지나가는 차를 세우려는 조지프가 나타나길 바랐다. 하지만 이미 주변은 무척 어두웠고 눈발이 거세지면서 도로 상태도 나빠지고 있었다. 아빠나 나나 별다른 희망을 품지 않은 게 사실이었다.

"조지프도 쉴 곳을 찾았을 거야."

아빠가 말했다.

나는 아빠의 믿음이 미심쩍었다. 하지만 그것 외에 우리가 뭘 더 바랄 수 있었겠는가.

아니면 제이 퍼킨스가 브라이언 보스와 닉 포터를 데리고 자기 스노모빌을 끌고 나왔다가 조지프를 발견했을 확률도 있었다. 하지만 우리 둘 다 그 얘기를 입 밖으로 내지는 않았다.

눈발이 계속 거세지고 또 거세지자, 이스트햄에서 55분 더 지난 지점에서 우리는 방향을 돌렸다. 딱히 멀리 나오지도 못했지만 이런 상태로 더 멀리 나갈 수도 없었다.

나는 결국 상황을 받아들였고, 돌아가는 길에 울음을 터뜨렸다. 아빠가 내 어깨를 문질렀다. 어쩌면 아빠도 울고 있었는지도 모르겠다.

집에서는 엄마가 늦은 저녁 식사를 준비하느라 분주했다. 팬케이크는 따뜻하게 보관하기 편한 메뉴였다. 엄마는 이미 스트라우드 선생님과 통화를 마쳤다.

선생님은 이미 경찰에 신고했고, 경찰은 이스트햄 중학교에 연락했을 것이다. 조지프가 수위실이나 뭐 그런 데로 숨어들기라도 한 것처럼 말이다.

그리고 캔턴 선생님은 벌써 자신만만하게 우리 집에 다녀갔다. 엄마 말로는, 선생님은 이런 일이 일어날 줄 다 알고 있었으며, 스톤마운틴 출신 애들은 언젠가 달아나게 되어 있고, 그건 우리 가족의 잘못이 아니라 그냥 조지프 브룩이 그런 애이기 때문이라고 말했단다.

"그래서 생각했지."

엄마가 말했다.

"이 냄비를 그 사람 얼굴에 내려칠까 하고."

엄마 손에 들린 냄비는 어깨높이까지 올라와 있었고, 엄마는 두 손으로 냄비를 꼭 쥐고 있었다.

이 말을 해 둬야겠다. 우리 엄마는 비폭력주의자다.

엄마는 대학 시절 베트남 전쟁 반전 시위를 벌이느라 세 번 체포된 이력이 있다. 비핵화 시위에 참여하느라 다섯 번 체포됐었다. 그래서 엄마는 압제적인 경찰을 정말 싫어하고, 압제적인 교감 선생님도 마찬가지라서 캔턴 선생님은 본인 예상보다 더 크게, 얼굴이 납작해질 위험에 처했던 거다.

우리는 전화가 울리기를 기다리다 눈보라 소리에 귀를 기울였다. 머그잔에 따뜻한 커피와 따뜻한 코코아가 준비돼 있었다.

부모님은 자신들이 해야 했던 일과 알아야 했던 일이 뭐였는지를 두고 이야기 나눴다. 조지프가 어디에서 대피소라도 찾았을까 궁금해하면서. 누군가 조지프를 차에 태워 줬을까. 조지프가 무사할까. 조지프가 길을 잃었을까. 그런 것들을 궁금해하면서.

내게 숙제했느냐고도 전혀 묻지 않았다. 어차피 할 수도 없었지만.

평소보다 늦게 나는 위층으로 올라갔다. 방 안이 그 어느 때보다도 더 추웠다. 나무 바닥이 꽁꽁 언 듯이 차가웠다. 하지만 잠시 어둠 속에서 나는 양팔로 내 몸을 감싸고 책상 옆에 서서 창밖으로 목성을 찾았다.

눈보라 속에서 나는 사물 하나도 분간할 수 없었다. 조지프도 그러기는 마찬가지였을 거다.

나는 궁금했다. 조지프는 정말 알았을까?

조지프가 정말로 바랐고, 붙잡을 수 없었던…….

매들린.

주피터.

나는 불가능하다는 사실을 조지프가 알았을지 궁금했다. 어쩌면 불가능하다는 사실 자체를 알고 싶어 하지 않았는지도 모른다.

그래서 조지프는 눈 속 어딘가로 나가 브런즈윅으로 향했고,

이미 너무 늦었다는 걸 조지프는 알았겠지만 어쨌건 브런즈윅으로 가기로 한 것이다.

추위와 어둠 속에서 내리는 눈을 바라보면 나무 바닥을 디딘 두 발은 얼어 가고 머릿속으로는 온갖 생각이 스쳐 지나간다. 내 머릿속이 딱 그랬다.

다음 날 아침 젖 짜는 시간이 끝났을 때 스트라우드 선생님이 전화를 했다. 아직 아무 연락도 없었다고 했다.

경찰이 이스트햄과 브런즈윅 사이 구간에 경보를 내린 상태였다. 메인 주 경찰들이 고속도로와 주요 뒷길까지 감시 중이었다. 경찰들은 조지프가 스톤마운틴에 갓 들어갔을 때 찍은, 이젠 조지프와 그다지 닮지도 않은 사진을 가지고 있었다. 엄마는 조지프의 머리카락을 그 사진처럼 긴 상태로 둘 위인이 아니었다.

스트라우드 선생님이 조지프를 곧 찾을 거라고 자신 있게 말했다.

엄마가 말했다.

"눈이 이렇게 오는데. 조지프가 길가에 나와 있진 않을 거야."

아빠가 말했다.

"어쩌면 조지프가 도와줄 사람을 찾을지도 몰라."

그리고 내가 말했다.

"조지프잖아요. 사람들이 자길 찾을 걸 알 거예요. 사람들한테 도움을 구할 리가 없어요."

경찰은 꽤 오랫동안 잠잠했다.

우리는 스쿨버스가 정류장 앞에서 철커덕거리며 성을 내는 소리를 들었다. 나는 꼼짝하지 않았다. 누구도 아무 말도 하지 않았다.

버스가 다시 철커덕거리며 성을 내며 멀어졌다.

우리는 기다렸다.

아침 내내 아무 전화도 오지 않았다.

오후까지도. 그리고 저녁까지도.

마침내 눈이 그치고 떠오른 목성이 밝고 환하게 빛났다.

그다음 날 아침, 스트라우드 선생님에게 다시 전화가 왔다. 아직 아무 연락도 없었고, 경찰이 이것저것 신경 쓰고 있으며, 곧 조지프를 찾을 거라고.

"어제 우리한테 한 얘기를 또 하네요."

엄마가 아직 수화기를 든 채로 말했다.

"우리가 직접 브런즈윅으로 가야 하는 건 아닌지 물어봐요."

아빠가 말했다.

"우리가 직접 브런즈윅으로 가야 하는 게 아닐까 싶은데요."

엄마가 수화기에 대고 말했다.

스트라우드 선생님은 우리가 브런즈윅으로 가야 한다고 생각하지 않았다. 선생님은 우리가 이 일에 너무 개입해서 입장이 난처해질까 염려했다. 조지프를 찾은 후에 우리가 재차 평가를 받아야 할지도 모른다.

"스트라우드 씨, 고맙습니다."

엄마가 전화를 끊고 우리 둘을 보았다.

"브런즈윅으로 가자."

엄마가 말했다. 아빠가 엄마를 쳐다보았다.

나는 얼른 외투부터 챙겨 입었다.

어쩌면 조지프가 브런즈윅으로 한 번에 가는 교통수단을 찾았을지도 모르지만, 확신할 수는 없었다. 아빠는 조지프가 밤을 보내려고 시도했을 만한 장소에서 일일이 멈춰 섰다. 주유소, 패스트푸드점, 일반 식당, 모텔, 교회, 술집까지도.

우리한테 딱 한 장 있는 조지프의 사진은 조지프가 로지 옆에 서서 찍은 것뿐이었고 그건 조지프보다 로지가 더 돋보이는 사진이었다. 하지만 가진 사진이 그것뿐이라서 엄마는 멈추는 곳마다 그 사진을 보여 주었다.

루이스턴 외곽에서, 우리는 첫 희망의 조각을 찾았다. 길 뒤편으로 키 큰 소나무 무리에 둘러싸여 있는 어느 작은 침례 교회였다.

우리가 문을 두드리자 한 손에 대걸레를 든 그린리프 목사님이 맞아 주었다. 목사님은 주일을 대비해 로비 바닥을 닦고 있었는데, 사진을 보고 말했다.

"그래요."

그러더니 사진을 돌려주었다.

"그래요?"

내가 물었다.

"내 말은, 그래요. 여기 있었다고요."

"언제였죠?"

엄마가 물었다.

"정확히 여기 언제 들어왔는지는 모르겠는데, 어제 아침에 주일 성경학교 청소년부 교실 소파에서 발견했어요."

"아직 여기 있어요?"

내가 물었다.

그린리프 목사님이 고개를 저었다.

"우리는 아침을 먹고 얘기를 나눴습니다. 애가 꽤 배를 곯았더군요. 내 생각에 먹은 거라고는 교회 식당에서 찾은 감자칩이 고작이었거든요. 심지어 원래 유통기한보다 훨씬 더 지난 거였죠. 저는 그 애한테 어디서 왔느냐고 물었어요. 포틀랜드에서 왔다더군요. 애한테 부모님 전화번호를 달라고 했는데, 막상 거기로 전화해 보니 야머스에 있는 웬 부동산 사무소였죠. 그렇게 돌아왔더니 사라져 버렸습니다."

"경찰에 신고는요?"

아빠가 물었다.

"했습니다."

목사님이 말했다.

"정말요?"

내가 물었다.

"경찰이 우리한테는 아무 연락도 없다고 했는데요."

엄마가 말했다.

"글쎄요, 분명히 통화했어요. 그 애 진짜 이름이 뭐죠?"

목사님이 물었다.

"조지프 브룩이요."

내가 말했다.

"그럼 네 이름은?"

"잭이요."

"그럼 조지프 브룩을 위해 기도하겠습니다. 너를 위해서도 하마, 잭 브룩."

"허드예요. 잭슨 허드."

엄마가 말했다.

"걔가 네 형 아니었어?"

목사님이 나를 보고 물었다.

"저는 조지프를 지켜주는 사이예요."

내가 말했다.

우리는 차를 타고 루이스턴을 지나 브런즈윅으로 더 내려갔다. 멈추고 또 멈추고 다시 멈춰 섰지만 조지프를 봤다는 사람은 아무도 없었다. 휴게소에 들러 햄버거를 먹었는데 거기 사람들도 조지프를 보지 못했다. 그런 다음 시내로 들어가서 차는 메인 가에 세워 두었다.

차 밖으로 나와 이리저리 둘러보았다. 전 메인 주지사 조슈아 로런스 체임벌린 동상을 향해 걸었는데, 왠지 그게 행운을 가져다 줄 것 같았기 때문이었다. 그러고는 찬바람을 맞으며 그 앞에 서서 주변을 두리번거리며 이제 어째야 하나, 하고 생각했다.

길에는 우리 말고 아무도 없었다. 그럴 만큼 추웠다. 하늘이 눈송이를 퉤퉤 뱉었다. 구름은 여전히 화강암 빛깔이었다.

"우리 흩어져요."

내가 말했다. 아빠가 내 의견을 듣고 고심했다.

"그래."

아빠가 말했다.

"하지만 이런 추위 속에서 너무 오래 있으면 안 돼."

아빠가 손목시계를 확인했다.

"게다가 4시 반까지는 젖 짜러 가야 하니까 두어 시간밖에 안 남았구나."

그러고는 내게 조지프의 사진을 건넸다.

"네가 저쪽 거리를 맡거라. 우리가 반대편을 맡을게."

하지만 골목 몇 개를 지나고 나는 이 계획을 관두었다.

내가 조지프였다면, 하고 생각했다. 상점 안으로 들어가진 않았을 거고, 아마 동네를 기웃거리며 사람이 나오길 바랄 것이다. 그리고 주변에 들리는 아기 소식이 있었는지 묻거나 하는 식이었을 거다.

조지프는 그 아기 소식을 알아야 할 이유를 적당히 지어낼 거고, 그러면 누군가 조지프에게 말해 줄 것이다. 너무나 진심으로 주피터를 보고 싶어 하면, 사람들도 분명 조지프가 그 아기를 사랑한다는 것을 알게 될 것이다. 그거면 충분하다.

나는 주택가 골목 하나를 내려왔다. 바람이 이제 내 코앞까지 몰아쳤다. 여전히 길에는 아무도 나와 있지 않았다. 구름이 하늘을 온통 뒤덮었다.

옆으로 차 몇 대가 지나갔는데, 히터를 최고 온도로 올려놓은 것 같았다. 주변 집들, 그 안의 가족들이 피운 나무 화로에서 피어오르는 연기 냄새가 한데 모여들었다. 교회 종소리가 한 번 울렸는데, 추운 공기 속에서 그 소리가 쇠처럼 단단해졌다.

"좋아."

이때쯤 나는 어쩌면 조지프에게 조금 화가 났는지도 모르겠다. 내 발끝의 감각이 이제 느껴지지도 않았다. 또 내 손끝의 감각도.

무슨 수를 썼는지 모르지만, 조지프가 브런즈윅을 기웃거리다가 아기가 있는 집 하나를 찾았는데, 마침 그 아기가 주피터였다면? 아니, 그러니까, 도대체 무슨 수로 그렇게 된 걸까?

그리고 무슨 수를 썼길래, 나는 브런즈윅 거리를 기웃거리다가 갑자기 조지프를 마주쳤던 걸까? 그러니까, 모퉁이를 돌았는데 거기에 조지프가 있고, 주피터가 잠들어 있는 집을 바라보고 있는 거다. 대체 무슨 수로 우리에게 그런 일이 가능했던 걸까?

나는 한 시간 반을 돌아다녔다. 건널목에서 행인 넷이 각자 팔짱을 끼고 어깨로 바람을 뚫고 지나가는 걸 보았다. 다들 너무 겹겹이 껴입고 있어서 얼굴이 잘 보이지 않았다. 하지만 그

중 누구도 조지프를 닮지는 않았다.

나보다 어려 보이는 애들 둘이 눈사람 만드는 것을 보았다. 다만 너무 추워서 눈이 잘 뭉쳐지지 않았고 그냥 눈 뭉치에 나뭇가지를 양팔 삼아 꽂아 놓은 모습이었다. 그때 구급차 한 대가 스쳐 지나갔다. 경찰차 한 대가 바로 그 뒤를 따랐다.

한번은 바로 앞 진입로에 선 차에서 부모님과 아이들이 내렸다. 차 트렁크 뚜껑이 열리고 그 사람들은 장을 봐 온 봉투를 전부 손에 들었다. 그 집 엄마가 나를 보더니 뭐라고 말을 걸려다 애들 중 하나가 부르자 그대로 가 버렸다.

바로 그때 도서관이 보였다. 내 얼굴은 꽁꽁 얼어 마치 얼음이 된 기분이었다.

도서관은 어느 때나 최고지만, 꽁꽁 어는 메인 주의 겨울 날씨에 안에 들어가 있기에도 최고였다. 나는 로비에 한참 서서 눈 녹은 물을 뚝뚝 떨어뜨리며 몸을 녹였다. 그러고는 도서관 안을 배회했다.

모든 것이 몹시 따뜻했다. 책장에 꽂힌 책도, 나무 탁자도, 밝은 색 카펫도. 노인들이 온기 속에서 신문을 읽었다. 몇몇 어르신은 컴퓨터 앞에 앉아 뭐가 잘 안 된다며 수선을 피웠다. 청소년 도서 구역에는『아무것도 아닌 옥타비안』을 쓴 M. T. 앤더슨의 책이 별로 없었지만 따뜻했다. 어린이 도서 구역에는 한 무리 엄마들이 아이들과 함께 오디오북으로 『메인 주의 어느 아침』을 듣고 있었고, 거기도 따뜻했다. 어떤 엄마들은 아기를 안고 있었다.

"그래."

나는 조지프도 거기 있지 않을까 생각했다.

하지만 없었다.

나는 사서 선생님 중 한 분에게 사진을 보여 주었다. 선생님은 조지프를 알아보지 못했다.

"이 친구 이름이 뭐니?"

선생님이 물었다.

"조지프예요."

내가 답했다. 선생님이 다른 사서 선생님에게 사진을 보여 주었다. 그분도 조지프를 알아보지 못했다.

"이 친구는 브런즈윅까지 뭐 하러 온 거니?"

두 번째 사서 선생님이 물었지만, 나를 보고 있지도 않았다.

"자기 딸을 찾으려요."

내가 말했다.

선생님이 사진을 더 가까이 보더니 물었다.

"자기 딸?"

"아이 이름은 주피터예요."

내 말에 선생님이 나를 쳐다보았다.

"방금 뭐랬니?"

"아이 이름이 주피터라고요."

선생님이 사진을 다시 내려다보았다.

"이 아이가 주피터 아빠라고?"

선생님이 물었다.

내가 전에 얘기한 심장이 멎는다는 말, 기억하는가.

"조지프 브룩이에요."

내가 소곤거렸다.

"얘도 아직 아이구나."

선생님이 말했다.

"열네 살이에요."

"그러니까 말이다."

선생님이 내게 사진을 돌려주었다.

"주피터 아시죠? 주피터가 어디 있는지 아시죠?"

"연락을 취하는 게 좋겠다."

내가 묻자 선생님이 말했다.

"조지프는 아이가 보고 싶은 것뿐이에요. 그게 다예요. 그냥 자기 딸을 보고 싶은 것뿐이라고요."

"그런데 너는 누구니?"

"조지프를 지켜주는 사이요. 조지프가 주피터를 볼 수 있게 해 주실 수 없나요?"

"넌 그 애가 어디 있는지도 모르잖니."

"그걸 알아내면 조지프가 주피터를 볼 수 있나요?"

선생님이 나를 쳐다보았다.

"잘 들어, '주피터 아빠를 지켜주는 친구'야. 아마 안 될 거다. 그건 그 애한테 좋지 않을 거고, 주피터에게도 괜찮을지 확신할 수 없구나."

"주피터는 4개월이잖아요."

내가 말했다.

"둘은 함께하지 못하잖니. 조지프 브룩도 이 상황을 받아들여야 해. 그 애가 고등학생이라면, 주피터에게 필요한 걸 해 줄 수 없어."

"조지프는 중학생이에요."

"더 최악이구나."

선생님이 말했다.

"조지프는 주피터에게 사랑을 줄 수 있어요."

사서 선생님이 나를 봤다. 선생님은 울기 직전이었다. 발루 목사님이 그랬던 것처럼.

어쩌면 내가 아니라 선생님이, 내가 울 것 같다고 생각했는지도 모르겠다.

어쩌면 나는 이미 울고 있었는지도 모르겠다.

"그래, 그 애는 주피터에게 사랑을 줄 수 있지. 그건 해 줄 수 있겠지. 하지만 자기만 위하는 사랑으로는 안 돼. 주피터를 위하는 사랑도 줘야 하지. 그건 주피터가 새로운 삶을 살 수 있는 가정을 찾도록 놔 주는 법을 조지프가 배워야 한다는 뜻이야."

"조지프는 그냥 주피터를 보기만 하면 돼요."

내가 말했다.

"안다. 잘 알지."

선생님이 말했다.

"선생님이 주피터의 위탁 엄마죠? 맞죠?"

내 물음에 선생님은 가만히 기다렸다 말했다.

"조지프에게 주피터는 잘 지낸다고 전해 주렴. 주피터는 행복하게 잘 크고 있고, 가족을 기다리고 있다고 전해. 주피터에게 필요한 건 그 가족이라고 전해. 그 애와 그 애 아빠가 주피터를 놔 줘야 한다고 전해라."

나는 거기 서서 만일 이 자리에 내가 아니라 조지프가 서 있었다면 어떻게 했을까 생각했다.

"네게 너무 큰 부담이겠지만 그 애에게 그렇게 전해 줘."

선생님이 말했다. 나는 고개를 끄덕였다.

사실 내가 그 얘기를 조지프에게 했다가는, 조지프가 내 코뼈를 부러뜨릴 거다.

"그 애를 잘 돌봐 주세요."

내가 말했다. 한 번 더 고개를 끄덕였고, 가려고 돌아섰다.

"'주피터 아빠를 지켜주는 친구'."

선생님이 말했다. 내가 다시 돌아섰다.

"그 애에게 주피터가 정말 예쁘다고 전해. 내가 주피터를 잘 돌보겠다고 전해. 그리고 주피터를 사랑해 줄 가족을 찾아 주겠다고 약속할게."

"주피터에게 조지프 얘기를 해 주세요. 주피터에게, 조지프가 자길 찾으려 애썼다고 전해 주세요."

내가 말했다.

"전할게."

"조지프가 정말 열심히 애썼어요. 알겠죠?"

"알겠다."

"그리고 조지프는 주피터를 사랑해요. 그 애는 언제나 주피터를 사랑할 거예요. 설령 주피터가 자기를 알지도 못한다고 해도요."

"주피터에게 그 말도 전할게."

나는 다시 몸을 돌렸다. 그래야 했다. 왜냐하면 정말로 엉엉 울기 직전이었기 때문이다.

브런즈윅 공립 도서관에서, 나는 엉엉 울기 직전이었다. 그리고 그때 전화벨이 울렸다. 선생님이 가방에서 휴대폰을 꺼냈다.

선생님은 1분쯤 상대방의 말을 유심히 들었고, 그러는 내내 나를 보고 있었다.

"그래, 알겠어요."

선생님이 말했다.

"생김새가 어떻죠?"

선생님이 가만히 들었다.

"알겠어요. 누군지 알아요. 주피터 아빠예요. 아뇨, 진짜예요. 주피터 아빠 맞아요. 그쪽으로 전화 걸어요. 집으로 바로 갈게요."

선생님이 휴대폰을 가방에 도로 넣으며 물었다.

"설마 이게 작전 같은 건 아니겠지?"

"작전이요?"

"너는 내 직장으로 찾아오고, 개는 집으로 가고. 너희끼리 그렇게 작전을 짠 거야?"

"조지프가 선생님 집에 있어요?"

"남편이 그러는구나. 개가 정오부터 집 앞에서 이리저리 서성이고 있다고. 이게 만약 작전이라면, 너희 둘 다……"

"작전 아니에요. 우리 얼른 가요."

선생님이 나를 보았다.

"'우리'라니? 여기 '우리'가 어디 있어? 나만 가는 거야. 너는 집으로 가라. 너희 집이 어디든 간에."

내가 앞으로 팔짱을 낀 채 버티고 섰다.

"아, 그래. 네가 걔를 지켜주는 사람이랬지?"

"네. 제가 그 애를 지켜주는 사람이에요."

선생님이 한숨을 쉬었다. 또 한숨을 쉬었다. 선생님이 다른 사서 선생님을 바라보자 그분이 어깨를 으쓱했고, 선생님은 다시 한숨을 쉬었다.

"알겠다."

선생님이 말했다.

"일단 내 직감은 무시하고 너를 데려갈게. 하지만 만에 하나……."

"규칙은 차 안에서 들을게요."

내가 말했다. 그러자 선생님이 웃으면서 고개를 끄덕였다.

"자, 얼른 가자. 운전은 내가 해도 괜찮겠니?"

선생님이 말했다.

"저 열두 살밖에 안 됐어요."

내가 말했다.

"말 안 해 줬으면 깜빡 속았을 거다."

나는 선생님과 도서관 건물을 벗어나 추위 속으로 나왔다.

☿

선생님에게는 규칙이 많았다.

나는 차 뒷좌석에 앉아야 했다.

내 안전벨트는 차가 멈춰 있을 때도 매어져 있어야 했다.

나는 간섭해서는 안 됐다.

나는 주피터를 볼 생각을 해서는 안 됐다.

나는 정말로 간섭해서는 안 됐다.

나는 선생님과 함께 조지프를 찾으면 바로 우리 부모님을 찾아가야 했다.

내가 진짜, 정말로 간섭해서는 안 된다는 말을 내가 제대로 이해했는지 알고 있어야 했다.

우리는 도서관 주차장을 나와서 조슈아 로런스 체임벌린 동상을 다시 만났는데, 그분은 꽤 추워 보였다. 그런 다음 조슈아 로런스 체임벌린이 총장을 역임한 보딘 대학을 지났다. 그런 다음 우리는 바로 보이는 주택가로 내려갔다.

말해 두겠는데, 거기에는 차가 아주 많았고, 흐르는 시간이 영원 같았고, 그래서 어쩌면 내가 몸부림을 쳤는지도 모르겠다. 왜냐하면 선생님이 이렇게 물었기 때문이다.

"화장실에 가고 싶거나, 뭐 그런 거니?"

하지만 나는 창밖으로 계속 조지프를 찾았다.

그리고 그때, 거기에 조지프가 있었다. 마당이 딸린 아담한 벽돌집 앞에 서 있었다. 그 마당은 여름철이라면 제법 멋졌겠지만 지금은 제법 황량했다. 팔짱을 끼고 서 있는 폼이 흡사 세상의 종말이 올 때까지라도 기다릴 것 같은 모습이었다.

조지프라면 아마 진짜 그럴 거다.

우리 차는 진입로에 멈춰 섰다.

"너는 여기에 있어."

선생님이 말했다.

조지프가 나를 보았고, 그다음 선생님이 나오는 걸 보았다.

조지프가 양팔을 허리에 붙였다.

지켜보고 있다.

선생님이 조지프에게 다가가 가까이 섰다. 조지프에게 닿으려 했지만, 조지프가 물러서며 멀어졌다. 그러자 손을 내리고 뭐라고 말했다.

조지프가 고개를 끄덕였다.

선생님이 뒤돌아 차를, 나를 가리켰다.

조지프가 고개를 저었다.

선생님이 한숨을 쉬었다.

선생님이 뭐라고 말했다.

조지프가 다시 고개를 저었다.

그때 경찰이 나타났다. 덩치 큰 남자 경찰 둘이 경찰차에서 내렸다. 경찰이 사서 선생님과 조지프가 있는 곳으로, 경찰이라면 으레 그러듯이 느리고 큰 보폭으로 걸어왔다.

경찰이 조지프 옆에 서자 조지프는 뒤로 살짝 물러나며 자기 뒤에 아무도 서 있지 못하도록 했다. 경찰이 사서 선생님에게 말을 걸었고 선생님이 경찰에게 이야기했다. 선생님이 고개를 저었다. 그러고는 다시 조지프에게 뭐라고 말했다.

조지프가 고개를 저었고 덩치 큰 남자 경찰 중 하나가 조지프에게 팔짱을 끼었다. 조지프는 그걸 뿌리쳤는데, 그건 그 덩치 큰 경찰이 달가워할 만한 행동이 아니었다. 그 경찰이 더 가까이 다가왔다. 조지프가 한 걸음 뒤로 물러났고 나는 조지프가 뭘 하려는지 알아챘다. 어디로 가려는지도.

사서 선생님도 나와 똑같이 생각한 것 같았다.

선생님이 손을 내밀고 또 뭐라고 이야기했다. 그 자리에 있던 세 명이 모두 선생님을 보았다. 선생님이 또 뭐라고 이야기했고 그런 다음 빠르게 집 안으로 들어갔다.

조지프가 선생님을 지켜보았다. 조지프는 자기 뒤쪽을 서성이는 다른 경찰을 눈치 채지도 못했다. 그럴 만큼 선생님을 집요하게 지켜보았다.

그때 선생님이 나왔다. 거의 뛰어왔는데, 손에는 사진 한 장이 들려 있었다.

선생님이 그걸 조지프에게 주자 조지프가 그걸 들여다보았다. 나는 조지프의 손이 떨리고 있다는 걸 알아챘다. 하지만 조지프는 결코 사진에서 눈을 떼지 못했다. 그때 선생님이 자기 팔을 조지프의 등에 얹었지만, 조지프는 계속 사진만 보고 있느라 움찔하지도 않았다.

그리고 선생님이 조지프와 함께 차로 다가왔다. 그걸 지켜보던 덩치 큰 경찰들 쪽으로 선생님이 몸을 돌리더니 고개를 끄덕였다. 경찰은 선생님을 막지 않았다.

그러자 선생님이 조지프를 차 뒷좌석 쪽으로 데려가 문을 열면서 말했다.

"타라."

조지프가 선생님을 올려다보고는 뒤에 선 경찰 두 명을 보았다.

"제발, 조지프. 지금으로선 이게 최선이야. 부탁할게."

내가 경찰 쪽을 쳐다보았다. 경찰 두 사람이 아직 지켜보고 있었다.

"조지프."

내가 말했다. 조지프가 나를 보았다.

"너 여기서 뭐 하나?"

조지프가 물었다.

"널 찾고 있었어."

내 말에 조지프가 웃었다. 정말로. 조지프가 웃었다. 여덟 번째다. 이번엔 웃음 비슷한 정도가 아니었다.

조지프가 차에 타서 몸을 앞으로 기울였다.

"이것 좀 봐."

조지프가 내게 주피터를 보여 주었다.

사서 선생님이 우리를 메인 가까지 차로 데려다주었다. 거기엔 우리 부모님이 주변을 두리번거리며 기다리고 있었다.

우리가 차에서 내리자, 엄마가 조지프에게 뛰어갔다. 조지프는 엄마가 자기를 껴안을지 아니면 반쯤 죽여 놓을지 전혀 몰랐던 것 같다.

엄마 역시도 둘 중 어느 쪽을 택해야 할지 몰랐던 것 같다. 엄마는 결국 조지프를 껴안았다. 그리고 아빠도 그렇게 했다.

심지어 주피터의 위탁 엄마도 조지프를 안아 주었다.

"너희 정말 많이 닮았어."

선생님이 말했다.

"게다가 다부진 것도, 주피터와 똑같구나."

조지프는 그 말을 가만히 듣고 있었다. 주피터에 관한 모든 말을 제게 끌어당겨 전부 기억하고 가슴속에 보물처럼 간직하려는 것 같았다.

"그 애는 우리가 잘 돌볼게."

선생님이 말했다.

"그 애 아빠는 저예요."

조지프가 말했다. 그러자 선생님이 조지프를 보며 말했다.

"그 애에게 네 얘기를 전부 해 줄 거야. 네게 편지할게. 약속해."

"그 애에게 전해 주세요, 제가……."

조지프가 말을 멈췄다. 조지프의 입만 움직이고 있었다.

"그럴게."

선생님이 말했다.

그게 집으로 갈 때까지 조지프가 한 말의 전부였다.

우리는 조지프에게 뭐라도 먹이려고 휴게소 식당에 들렀다. 조지프는 거의 이틀 동안 침례 교회의 감자칩과 그린리프 목사님과 함께한 아침 식사 외에 먹은 게 없었다.

말도 마라. 조지프가 얼마나 먹어댔는지 아빠는 지갑에 돈이 충분한지 두 번이나 확인했을 정도니까.

우리는 젖 짜는 시간에 딱 맞춰 집에 도착했다. 로지가 조지프를 보자 행복한 음매, 울음소리를 냈다.

그리고 저녁 식사 때, 조지프는 휴게소에 들른 적도 없었던 것처럼 먹어댔다.

그날 밤 조지프는 추위와 어둠 속에서 창가에 서 있었다. 조지프는 주피터의 사진을 손에 쥐고 들여다보았고 하늘을 올려다보았다가 다시 사진을 내려다보았다. 조지프가 말을 걸 즈음 나는 거의 잠에 취해 있었다.

"그래서, 재키. 네가 날 계속 지켜준다는 거지?"

"당연하지. 그리고 잭이라니까."

"그래."

그러더니 조지프가 목성을 올려다보았다.

"고마워."

조지프가 말했다.

그날 밤, 조지프가 잠을 자기는 했는지 잘 모르겠다.

제8장

이후 며칠간 스트라우드 선생님은 조지프에게 많은 말을 전했다. 규칙을 위반했으니 성숙하게 행동해야 하며, '뭘 생각하고 있었건, 사태 파악이 안 되었건, 해도 되는 일과 안 되는 일은 분간해야 한다.'는 등의 이야기였다.

그다음 며칠간은 캔턴 선생님이 조지프에게 많은 말을 전했다. 학교를 빠진 일과 책임을 갖고 행동해야 하며, 학생의 본분을 다해서 기대에 부응해야 하며, '조지프, 네가 뭐라고 생각하느냐, 그리고 이해를 못 한 것 같은데 규칙은 모두에게 똑같이 적용된다.'는 등의 이야기였다.

우리는 다시 걸어서 등교하기 시작했다. 해스컬 아저씨도 같은 말을 늘어놓을 게 분명한데, 조지프가 그 말들을 정말 듣기 싫어했기 때문이었다. 아빠가 그래도 괜찮다고 했다.

그런가 하면, 조지프가 듣고 싶어 한 것은 뭐든 주피터에 관한 이야기였다. 그리고 사서 선생님은 약속을 지켰다. 매주 조지프에게 편지를 보낸 것이다. 1월 내내 그리고 2월로 들어설 때까지 편지가 왔다. 주로 월요일이었다. 가끔 조지프가 우리에게 조금 읽어 주거나 새 사진을 보여 주기도 했지만 보통 조지프는 그것들을 혼자 간직했고, 아빠는 이것도 괜찮다고 했다.

그리고 밤마다 들렸던 스톤마운틴에 관한 잠꼬대가 이제 들리지 않는다.

우리가 걸어서 등교하는 아침이면 아직 밖은 어두웠지만, 집으로 돌아올 때면 좀 더 밝아졌고 그렇게 춥지도 않았다. 간혹 우리는 옛 회중 교회 근처에서 눈싸움을 하기도 하고, 조지프는 다리 옆 '출입 금지' 표지판 뒤로 몸을 숨기기도 했다. 때로 우리는 냅다 종을 향해 눈 뭉치를 멀리 던지기도 했다.

집에서는, 곧 메이플 시럽을 만드는 철이 다가왔다. 우리는 일찌감치 외양간 다락에서 양동이, 마개, 배관을 챙겨 내려와 전부 싹싹 닦기 시작했다. 조지프와 나는 장작을 팼는데, 조지프의 실력은 늘고 있었다. 다 팬 장작은 하우스 옆에 쌓았다.

그리고 작은외양간에서는 퀸투스 세르토리우스가 2월의 분

위기를 눈치 채고 벌써 신이 나 있었다. 녀석은 자기가 곧 썰매를 끌어 장작을 옮겨야 한다는 걸 알았고, 할 일이 별로 없는 겨울 한 철을 난 후 외출할 준비가 다 되어 있었다.

조지프의 학교생활에도 이것저것 변화가 있었다. 이제 더는 5교시 방과 후 면담 시간에 남을 필요가 없어졌다. 듈니 선생님이 조지프를 4월에 있을 수학올림피아드 참가자로 등록했기 때문이었고, 그래서 5교시에 선생님은 조지프에게 삼각함수를 가르쳤다.

진짜 삼각함수였다.

체육 시간에 스와이텍 선생님은 자신이 지도하는 아이들을 조지프에게 맡겼다. 봄에 열리는 육상 대회 중 트랙과 필드 종목에 나가려는 아이들이었다. 조지프는 필드 종목을 맡아 도왔다. 높이뛰기와 멀리뛰기 그리고 장대높이뛰기까지. 조지프가 너무 잘해서 아무도 자기들과 같은 학생이 가르친다고 불만을 품지 않았다.

다만 캔턴 선생님은 그게 마음에 들지 않았던 것 같다. 한번은 선생님이 체육 수업 때 와서는 계속해서 조지프를 향해 손가락질한 일이 있었다. 조지프는 존 월과 양쪽에 이어폰을 낀 대니 네이션스에게 높이뛰기용 매트 쌓는 법을 알려 주던 중이었다. 하지만 스와이텍 선생님이 뭐라고, 내가 보기엔 수업 때 들려서는 안 되는 말을 했고 캔턴 선생님은 꽤 황급히 자리를 떴다.

하지만 그때 그 말이 조지프는 들어도 괜찮은 말이 아니었을까, 하는 생각을 했다.

그리고 할로웨이 선생님은 국어 시간에 조지프를 자주 지목했다. 아마 조지프가 『월든』을 읽는 모습을 봤기 때문인 것 같았다. 선생님은 조지프에게 그 책이 어땠는지 물었고 조지프는 한 번 완독해서 다시 읽는 중이라고 답했다. 그러자 선생님은 조지프에게 소로의 책 중 자기가 가장 좋아하는, 『소로의 강: 강에서 보낸 철학과 사색의 일주일』을 읽어 보았느냐고 물었다.

"일주일…… 제목이 뭐라고요?"

조지프가 되묻자 선생님은 조지프를 데려가 함께 그 책을 찾았다.

이게 무슨 의미겠는가. 선생님이 자기가 좋아하는 책을 학생이 뽑아 들게 만들었다는 것은, 평생 그 학생의 편이 되어 주겠다는 얘기다.

2월 셋째 주 월요일, 조지프가 기다리던 사서 선생님의 편지를 다 읽은 직후였다. 기분 좋은 내용이었던 게 티가 났다.

우리는 그날 아빠와 나무 서른여섯 그루의 수액을 받았다.

"양동이가 꽤 빨리 차겠구나."

아빠가 말했다.

"조지프, 그동안 우리가 너 없이 이 일을 어떻게 다 했는지 기억 안 날 정도로 까마득하다."

아빠는 딱 그렇게만 말했다. 딱 그렇게만. 하지만 아빠가 말을 마치자 조지프가 아빠를 쳐다보았다.

"남은 두 다스 분량도 내일 다 받을 수 있으려나?"

아빠가 말했다.

"언젠가, 주피터도 이 일을 좋아할 거예요."

조지프가 말했다. 이번에는 아빠가 조지프를 보았다.

"그래, 그럴 거야."

아빠가 겨우 말했다.

"정말요?"

조지프가 물었다.

"집으로 올라들 가자."

아빠가 말했다.

그날 밤 아빠와 엄마는 저녁 식사가 끝나자마자 방으로 들어갔다. 두 분은 방 안에서 한참이나 있었다. 어쩌면 어디로 전화를 한두 통 걸고 있는 걸지도 몰랐다.

"매디와 내가 처음으로 춤춘 얘기 했었나?"

조지프가 물었다.

"응."

내가 답했다.

"정말 멋졌는데."

조지프가 말했다.

"알아."

"정말 그랬어."

조지프가 말했다. 그러고는 복도에서 이어지는 부모님 방 쪽을 굽어보고는 로지를 만나러 나갔다. 웃고 있었다.

밤에는 계속 추웠고, 낮에는 따뜻해졌다. 수액이 전에 없던 기세로 흘러나왔고, 아빠는 우리가 매일 가져다 나르고, 나르고, 또 나르는 양동이 개수를 보고 함박웃음을 지었다.

우리는 학교에서 집으로 돌아오는 시간도 아까워했다. 조지프가 이제 스쿨버스를 탈 가치가 있다고 말할 정도였다. 그렇다고 해서 행동으로 옮길 정도는 아니었다. 대신 내리막길에선 내내 반쯤 뛰어갔다.

그리고 매번 이렇게 지냈던 것 같은 느낌이 들기 시작했다. 언제나 이렇게 지냈던 것만 같았다.

그날 우리가 집에 도착했을 때 안에 아무도 없는, 깨끗한 흰색 새 화물 트럭이 외양간 옆에 서 있고 주변에 아무도 없었다. 조지프가 속도를 늦추더니 결국 멈추고는 나를 보며 이렇게 말하기 전까지는 그랬다.

"재키, 큰외양간에 가 있어."

"왜?"

"그냥 그렇게 해, 알겠어?"

조지프가 내게 자기 책을 다 주고는, 화물 트럭을 한 번 더 쳐다본 뒤 집 안으로 들어갔다.

나는 큰외양간으로 들어가서 우리 책을 곡식 보관함 밑에 두었다. 그리고 로지의 엉덩이를 쓰다듬어 주러 갔다. 로지는 나 대신 조지프가 오길 바랐겠지만.

기다렸다.

달리아의 엉덩이를 쓰다듬어 주었다. 녀석은 누가 제 엉덩이를 쓰다듬든 괘념치도 않았고, 그저 풀만 씹을 뿐이었다.

기다렸다.

다시 나와 곡식 보관함으로 갔다.

그때 나는 아빠가 고함치는 소리를 들었다.

"안 돼!"

그리고 한 번 더.

"안 돼!"

그거면 내겐 충분했다.

내가 세차게 부엌문을 열고 들어가서 그 광경을 보기까지는 단 1초도 걸리지 않았다.

엄마가 조지프 뒤에 서서 조지프의 어깨를 양손으로 잡고 있었다.

조지프는 울고 있었다. 얼굴이 흠뻑 젖었다.

아빠가 그 두 사람 앞에 서 있었다.

조지프 아빠가 문 바로 옆에 서 있어서 내가 등에 부딪힐 뻔했다. 그리고 조지프 아빠의 손에는, 내가 아주 잠깐 본 거지만, 푸른 금속 권총 한 자루가 들려 있었다.

그때 조지프 아빠가 팔을 내 가슴팍에 둘러 자기에게로 끌어당겼고, 우리 아빠가 한 발짝 다가섰다.

그러자 조지프 아빠가 나를 휙, 당기고는 말했다.

"꼼짝 마."

아빠는 그 말대로 했다. 내게 조지프 아빠의 냄새가 느껴졌다. 역한 땀 냄새와 뭘 마셨는지도 모를 만큼 역한 술 냄새가.

"이러면 또 얘기가 달라지지."

조지프 아빠가 말했다. 아무도 입을 떼지 않았다.

"이러면 또 얘기가 달라지거든."

조지프 아빠가 다시 말했다. 조지프 아빠가 우리 아빠 쪽으로 몸을 숙였다.

"안 그래? 나는 내 아들만 주면 돼. 당신이 원하는 거랑 같지."

조지프 아빠가 내 몸을 흔들었다.

"우리 둘 다 애들에게 뭐가 최선인지 알잖아요."

우리 아빠가 말했다. 차분하게 말하려는 게 느껴졌지만, 전혀 차분하지 못했다.

"우리 둘 다 뭐가 최선인지 알잖아요. 하지만 이런 식으로는 안 돼요."

"이게 내 방식이야."

조지프 아빠가 말했다. 그리고 그때 조지프가, 깊숙한 곳에서 우러나온 말을 토해냈다.

"아빠가 그 애를 돈 받고 팔았어! 아빠가 그 애를 팔아 버렸잖아!"

"나는 타협을 한 거다."

조지프 아빠가 말했다.

"넌 어차피 걜 데려올 수도 없었어. 그리고 우리에게는 새 트럭이 필요했지. 내가 저들처럼 속 좋은 바보인 줄 아냐?"

조지프 아빠가 부모님을 가리켰다.

조지프가 다시 소리쳤다. 이번엔 그 안에 말이 들어 있지도 않았다. 조지프는 뭔가 가슴속에 묵어 있던 것을 토해내듯 자기 아빠에게 소리쳤다.

그러더니 갑자기 조지프가 엄마를 뿌리쳤다. 우리 아빠가 조지프를 붙잡지 않았다면 조지프는 나와 자기 아빠 앞으로 달려들었을 것이다.

아빠가 조지프를 뒤에서 붙잡았다. 울며 흐느끼는 조지프를 붙잡았다. 바닥으로 무너지는 조지프를 붙잡았다.

그리고 조지프의 흐느낌이 침묵으로 잦아들자, 조지프 아빠가 말했다.

"꼬맹아, 인제 다 울었냐?"

조지프가 자기 아빠를 보았다.

"차에 타요."

그렇게 말하고 조지프가 일어섰다. 우리 아빠가 조지프의 팔을 부축했다.

"차에 타면?"

조지프 아빠가 묻자 우리 아빠가 조지프를 자기 뒤로 끌어당겼다.

"당신은 당신 차에 타요. 내 아들 놔 주고, 당신은 당신 차에 타라고. 그러면 다 해결돼요."

우리 아빠가 말했다. 하지만 오히려 조지프 아빠는 나를 더 세게 잡았다.

"여기서 지금 목줄 쥐고 있는 게 당신인 줄 알아?"

조지프 아빠가 손에 든 총을 보여 주더니 내 옆구리에 갖다

대며 물었다. 엄마가 놀라서 울부짖었다.

그때 난 아마 바지에 오줌을 지리기 직전이었을 거다.

"내 아들만 넘기면 사라져 줄게."

조지프 아빠가 말했다.

"그렇게 얼마나 더 갈 수 있을 것 같아요? 20킬로미터? 30킬로미터? 어쩌면 주 경계까지 갈 수 있을지도 모르지. 하지만 거기서 사람들이 지키고 있을 겁니다. 당신 트럭 같은 건 눈에도 잘 띄거든."

아빠가 말했다.

"그러면 아예 둘 다 데려가 버릴까? 어떻게 생각해? 내 아들이랑 네 아들은 보험용으로 데려가면?"

조지프 아빠가 말했다.

"안 돼요, 아빠. 내가 갈게요. 우리 가요."

조지프가 우리 아빠 뒤에서 나오며 말했다.

"가요, 아빠. 걘 여기 놔두고. 사람들은 다 여기 놔두고 가자고요."

내게 두른 조지프 아빠의 팔에 힘이 조금 빠지자 조지프가 천천히 다가왔다.

"가자고요."

조지프가 말했다. 거의 꺼져 들어가는 목소리였다. 내 옆구리에서 총이 멀어지는 느낌이 들었다.

조지프가 내 팔을 잡아 자기 아빠에게서 떨어뜨려 놓았다.

"아빠, 가요."

조지프가 내 등에 손을 대고는 우리 아빠 쪽으로 살짝 밀었다. 그리고 자기 아빠의 팔을 당겼다. "얼른이요." 하면서.

둘은 문을 나서 밖으로 향했다.

"자, 가요."

문이 닫혔다.

아빠가 빠르게 전화기를 찾았고, 엄마는 나를 찾았다.

나는 창문으로 조지프와 그 애 아빠가 트럭에 타는 모습을 지켜보았다. 차 문이 쾅 닫히고 트럭이 한 번 휙, 후진했다가 그대로 멀어졌다. 조지프가 한 번 더 뒤를 돌아보기 전에.

조지프는 나를 한 번 보았고, 그런 다음 그렇게 가 버렸다.

둘이 마당을 나선 지 10초도 되기 전에 아빠가 경찰에 신고했다.

☾

그 이후에 일어난 일을 정리하자면 이렇다.

조지프 아빠는 자신이 제어할 수 없을 만큼 무척이나 빠른

속도로 차를 모는 중이었다.

캔턴 선생님이 차를 타고 학교를 빠져나오면서 옛 회중 교회 자리에서 막 우회전을 하려던 중 하얀 소형 트럭이 선생님 쪽을 향해 달려오는 것을 발견했다.

선생님은 바로 브레이크를 밟았고 길 한복판 얼음 위까지 미끄러졌다.

조지프 아빠의 트럭이 캔턴 선생님의 차를 직각으로 받는 바람에, 선생님의 차는 제방 너머 수풀까지 밀려 움직임을 완전히 멈추었다.

그런 다음 조지프 아빠는 옛 회중 교회 방향으로 돌진했다. '출입 금지' 표지판을 지나 얼라이언스 강 위 다리까지 올랐다.

하지만 둘은 반도 건너지 못했다. 썩은 목제가 무너지면서 트럭은 대들보 사이로 떨어져 얼음 바닥을 깨고 강 속으로 들어갔다.

캔턴 선생님이 차에서 내려 다리로 달려갔을 즈음에는 깊은 물 밖으로 아무것도 보이지 않았다.

나중에 출동한 경찰도 마찬가지였다.

아무도 터럭만큼도 보지 못했다.

강 밖으로 트럭을 건지는 데는 꼬박 이틀이 걸렸다.

아빠는 나를 현장에 보내 주지 않았다. 혼자 갔다 온 아빠 말로는, 캔턴 선생님이 조지프가 탄 조수석 쪽의 꽁꽁 언 문을 열었다고 한다. 하지만 트럭에서 조지프를 꺼내 품에 안은 건 아빠였다.

아빠가 내게 이야기해 준 건 그게 다였다.

조지프의 장례식은 그로부터 사흘 뒤에 치러졌다.

듈니 선생님이 오셨다. 캔턴 선생님도. 할로웨이 선생님도. 스와이텍 선생님은 장례식 내내 울었다.

엄마와 아빠도 함께했다.

사서 선생님은 뒤쪽에 앉았다.

루이스턴 외곽 침례 교회에서 그린리프 목사님도 왔다.

스트라우드 선생님도 왔다.

어니 후퍼, 존 윌, 그리고 대니 내이션스는 이어폰을 끼고 있지 않았다.

이 사람들이 다였다.

우리는 새 회중 교회의 부설 예배당에 모였다. 사람이 많지 않은 탓이었다. 찬송가를 부르지 않았지만 목사님의 아내 발루 아주머니가 장례식 내내 은은하게 오르간을 연주했다.

발루 목사님이 누구든 하고 싶은 말이 있으면 앞으로 나오라고 청했고, 아빠가 나를 쳐다봤다. 하지만 나는 사람들에게 이야기하고 싶지 않았다.

대신 나는……. 아무튼 그랬다.

발루 목사님이 성경 구절을 읽으며 설명한 다음 천사들에 관해서도 이야기했다. 그러다가 잠시 침묵했다. 그러고는 아주 나직이 말했다.

"천사들은 대체 그때 어디에 가 있던 걸까요?"

우리는 아주 오랫동안 묵념했다. 식이 다 끝나고 우리는 로어 고어의 묘지로 향했다. 우리 할머니, 할아버지와 그분들의 엄마, 아빠, 또 그분들의 엄마, 아빠가 묻혀 계신 곳이었다.

캔턴 선생님, 듈니 선생님, 아빠, 그리고 나까지, 우리는 함께 땅속으로 관을 내려 조지프를 우리 가족묘에 눕혔다. 키가 큰 하얀 스트로부스 소나무에 둘러싸인 자리였다.

다시 발루 목사님이 추모 예배를 올렸고, 조지프가 위험에 처하면서까지 다른 이들을 살렸다고 말했다. 그러고는 덧붙였다.

"친구를 위해 자기 목숨을 버린다면 이보다 더 큰 사랑은 없을지니."

바로 그 순간 내 울음이 터졌다.

울었다.

사람들 앞에서 유치원생처럼. 울었다.

조지프는 내게 그냥 친구가 아니었으니까.

나는 조지프를 지켜주는 사이였다.

조지프는 나를 지켜주는 사이였다.

크나큰 사랑이란 내게 그런 의미였다.

제9장

우리는 1년을 더 넘게 기다렸다. 살아 있었다면 조지프가 열여섯 번째 생일을 맞았을 무렵, 사과나무의 꽃봉오리가 피어오르고 벌들이 분주하게 돌아다니던 어느 날 스트라우드 선생님의 차가 우리 집 진입로로 들어왔다.

뒷좌석에는 주피터가 있었다.

문을 열자마자 스트라우드 선생님이 얼른 안전 시트의 벨트를 풀어 주었다. 주피터는 차에서 내려 아장아장 걸으며 주변모두를 두리번거리고, 모두를 만지고, 모두를 쿵쿵거렸다. 마치 단단히 준비하고 왔으니 단 1초라도 낭비하기 싫다는 듯이.

검은 눈동자, 검은 머리카락, 평균보다 살짝 작은 듯한 키, 평균보다 살짝 왜소한 체구, 그 외에 모든 게 평균 언저리인 듯 보였다.

그 애는 웃고 있었다.

"자, 왔어요."

스트라우드 선생님이 말했다.

주피터가 사람들을 살피기 시작했다.

아빠가 무릎을 꿇어앉으며 몸을 낮추자 주피터가 한 손을 내밀어 아빠의 코를 잡아당기고는 까르르 웃었다. 그다음으로는 엄마가 꿇어앉았다. 주피터가 한 손을 뻗어 엄마의 뺨을 만졌다.

"주피터, 이 사람이 이제 네 오빠야. 잭 오빠란다."

스트라우드 선생님이 말했다.

나도 꿇어앉았다. 주피터가 두 손을 뻗어 내 양쪽 귀를 잡아당겼다.

"재키."

주피터가 말했다.

"그래, 맞아. 재키야."

내가 말했다.

"재키."

주피터가 한 번 더 불렀다.

나는 몸을 일으켜 주피터의 손을 잡고 함께 아장아장 걸으며 차 주변과 뜰 주변을 돌아다녔다.

우리는 큰외양간에도 갔다. 나는 주피터에게 소들을 소개해 주었다. 주피터는 조금 겁을 먹은 듯했지만 곧 괜찮아졌다.

그런 다음 작은외양간으로 향했다. 퀸투스 세르토리우스가 만사가 귀찮은 듯 멍하니 있는 곳이었다. 하지만 주피터가 옹알 거리는 소리를 듣자 퀸투스 세르토리우스의 매끄러운 귀가 쫑 긋 솟았다.

우리는 다시 뜰로 갔다. 주피터는 방싯방싯 웃고 까르르대며 엄마, 아빠 주변을 아장아장 돌아다녔다. 그러다가 멈춰 서더니 두 손을 올리며 말했다.

"재키."

나는 몸을 낮춰 앉아 주피터를 등에 업었다. 주피터가 양팔을 내 목에 바짝 감았다. 나는 주피터를 업은 채로 몸을 일으켰다.

주피터가 내게로 머리를 기댔다.

"재키."

주피터가 하품했다.

"재키."

"주피터."

내가 소곤소곤 대답했다.

"주피터, 네가 어디에 있든 널 절대 혼자 두지 않을게."

"재키."

주피터가 다시 대답했다.

나는 주피터를 그대로 안고 집 안으로 들어갔다.

옮긴이의 이야기

　여러분은 언제 문득 하늘을 올려다보나요?

　저는 강아지별로 떠난 제 친구가 보고 싶을 때 하늘을 보면서 이런 생각을 해요.

　'우리가 산책하던 어느 밤하늘에도 같은 달이 떠 있었잖아. 그때 우리 참 재미있었지?'

　그럴 때면 친구의 폭신한 털 감촉이 느껴지고, 여름밤 내쉬던 밭은 숨소리가 귓가에 들리는 착각이 들어요. 다 제가 지어낸 가짜지만 그 순간을 기억하는 제 마음만은 진짜죠.

　목성의 궤도를 좇던 조지프도 비슷한 마음이 아니었을까요? 어쩌면 우리는 그리운 존재를 그리고 싶을 때 하늘을 보는 게 아닐까요?

저는 과학 소설을 좋아하는데, 여기 등장하는 '평행 우주'라는 개념이 있어요. 꼭 소설이 아니더라도, <닥터 후>나 <스타트렉> 같은 드라마를 통해 이 세계관을 접해 볼 수도 있겠지요.

이런 상상을 해 보는 거예요. 조지프 아빠가 조지프를 데리고 나와 차에 타는데 하필 시동이 안 걸리는 거죠. 그사이 경찰이 도착해 조지프를 아빠와 잠시 떼어놓고, 조지프는 수학올림피아드에도 나가 보고, 금빛 천사 장식이 몇 개 더 늘어날 만큼 시간이 흘러 대학도 가고, 주피터와 달콤한 메이플 시럽을 수확해 맛보기도 하고, 자신을 지킬 수 있을 만큼 성장했을 때 어쩌면 아빠와 마주해 이야기를 나누기도 하는, 이 모든 상황이 펼쳐지는 또 다른 우주가 존재한다면 어떨까요?

이렇다 할 과학적 근거는 없지만 재미있지 않나요? 여러분만의 평행 우주를 직접 상상해 봐도 좋겠지요.

한동안 저도 하늘에서 목성을 찾아보려고 애썼는데 쉽지 않더라고요. 조지프는 대체 얼마나 자주 하늘을 올려다봤던 걸까요?

2022년 여름
서미연

너의 궤도를 맴돌며

초판 인쇄 2022년 07월 10일

초판 발행 2022년 07월 15일

지은이 게리 D. 슈미트

옮긴이 서미연

발행인 이진곤

발행처 블랙홀

출판등록 제 25100-2015-000077호(2015년 10월 26일)

주소 경기도 파주시 문발로 405 제2출판단지 활자마을

전화 02-338-0092

팩스 02-338-0097

홈페이지 www.seentalk.co.kr

E-mail seentalk@naver.com

ISBN 979-11-88974-58-0 44800

979-11-956569-0-5 (세트)

블랙홀은 씬앤톡의 자매 회사입니다.